Andrea Sailer

Gedanken zur Zeit

Radiokolumnen

Steirische Verlagsgesellschaft

2. Auflage, 2001

Druck: Druckerei Theiss GmbH, A-9400 Wolfsberg
ISBN 3-85489-043-5

„Ich bin klug genug, um zu träumen, aber nicht klug genug, um Lösungen zu finden.“

Jaques Brel

Jänner

Anfang & Ende von etwas oder Über die Zeit

Nun steht sie also da, die neue Zahl. Über Nacht ist sie wahr geworden, und es mag wohl noch eine kleine Weile dauern, bis wir uns ihrer wirklich sicher sind. Ganz selbstverständlich ist sie uns noch nicht, doch werden wir uns wohl an sie gewöhnen. Denn so magisch und mysteriös etwas zu Beginn auch anmuten mag, es wird schnell Alltag daraus. Der Mensch ist tatsächlich ein Gewohnheitstier. Er gewöhnt sich mit der Zeit an alles, und irgendwann wird ihm auch das Unerträgliche noch erträglich.

Egal, ob nun bloß ein neues Jahr beginnt oder gleich ein ganzes Jahrzehnt, Jahrhundert, Jahrtausend, ein neuer Anfang ist so etwas allemal. Und für viele Menschen ist damit immer auch Veränderung verbunden. Vorsätze, sehr große oder ganz kleine, werden gefaßt und ebenso schnell wieder verworfen. Vielleicht, weil so ein guter Vorsatz selbst schon dem Ideal am nächsten kommt, seine Verwirklichung hingegen oft bittere Erkenntnisse mit sich bringt. Auch nach der allerletzten Zigarette ist man nicht weniger sterblich als davor. Auch mit 10 Kilo weniger sieht man noch kein bißchen wie das Supermodel aus dem Hochglanzmagazin aus. Auch mit einer besseren Zeiteinteilung läßt sich das irdische Leben nicht im Handumdrehen verlängern. Und auch mit der allergrößten Sparsamkeit wird aus einem armen Schlucker kein Millionär.

Irgendwann fangen wir immer am Anfang an. Wir schmieden Pläne, haben Träume, hegen große Hoffnungen und Wünsche. Wir nehmen unser Leben in die Hand, auch wenn wir später dabei zusehen müssen, wie es uns zwischen den Fingern zerrinnt. Aber ohne Hoffnung wird aus unserem Dasein schnell brutale Wüste. Und wer, egal, zum wievielten Mal, wieder einmal am Anfang steht, der kommt auch um das Ende nicht herum. Muß sein Herz ausmisten wie einen alten Koffer. Entrümpeln, was mittlerweile seine Bedeutung verloren hat. Fortwerfen, was sich längst schon zum unliebsamen Ballast ausgewachsen hat. Und durchstreichen, was nicht mehr gültig ist, was einfach nicht mehr stimmt; egal, ob Sätze, Floskeln, Liebesbriefe oder sachliche Bilanzen. Und all das ist noch viel schwerer als bloß die Wohnung aufzuräumen. Weil das Gepäck unserer Seele nicht ganz so leicht loszuwerden ist wie beliebiger Müll. Das Gepäck unserer Seele, der Herzensproviant, das sind letztlich wir. Und all das Verhaßte, Ungeliebte oder überdrüssig Gewordene macht unser Leben und uns selbst genauso aus wie alles Schöne und Gute.

Wir haben so unsere Vorstellungen, wenn wir wieder einmal am Anfang stehen. Wir wissen, was wir anders haben, anders machen wollen. Mehr Zeit für uns selber wollen wir uns nehmen. Einmal ans eigene Ich denken, nicht nur für andere da sein. Egoistischer werden. Härter werden. Nein sagen lernen. Wegschauen lernen. Weghören lernen. Nicht mehr so gefühlsbetont sein und nicht mehr so empfindlich. Und vor allem eins: frei sein. Endlich. – Die Freiheit, die wir damit meinen, ist oft eine, die uns in der Realität gar nicht immer gefallen würde. Nur wer ganz allein ist, ist wirklich frei. Kann fortgehen, ohne zurückzuschauen, und wird von niemandem vermißt. Kann sagen, was er will und schreien, so laut er mag – es wird ihn ohnedies keiner hören. Kann nicht mehr verletzt werden und kann nicht mehr verletzen. Denn dort, wo auch nur ein anderer Mensch das eigene Dasein berührt, verliert die absolute Freiheit schon ihre Gültigkeit. Die Unfreiheit, in der wir fast alle sitzen wie in einem wohnlichen Gefängnis, ist nicht zuletzt auch ein Zeichen dafür, daß unsere Existenz nicht beliebig ist, daß wir nicht austauschbar und unbedeutend sind. Es gibt uns wirklich, wir hinterlassen Spuren im Leben anderer. Spuren, die durchaus manchmal zu harten Fußtritten werden können. Spuren, durch die wir uns in anderen Menschen eingravieren. Wir hinterlassen viel im Leben derer, die an unserer Seite sind, gleichgültig, ob durch Zufall oder selbstgewählt. Mal sind es Kratzer oder Schläge, ein andermal kann es auch ein Streicheln sein, eine behutsame Geste, eine Umarmung, ein Kuß. Und umgekehrt ist es nicht anders. Auch wir werden von denen, die uns nahe sind, berührt. Am Ende bleibt nur ein Gefühl, das sich nicht deuten läßt, das alltägliche Gemisch aus Zärtlichkeit und Schmerz, das Leichte und das Schwere.

Zwischen Anfang und Ende liegt immer auch der Punkt, an dem wir uns fragen, worauf wir in Zukunft zugehen wollen und wovon wir Abschied nehmen möchten. Dabei muß manche Bindung reißen. Und keiner weiß, was nun die Fesseln sind und was die langen Leinen. Die Jungen durchschneiden endlich die Nabelschnur und ziehen zuhause aus, ziehen weg, fangen ein neues Leben an – und bleiben für ihre Eltern trotzdem immer Kinder, lebenslang. Die anderen heiraten oder lassen sich scheiden, und die Alten harren trostlos aus. Werden daheim geduldet trotz Griesgrämigkeit und Mühsal. Oder zum langen Sterben in einem Heim oder einer Klinik abgelegt wie ein lebloses Bündel, mit dem niemand etwas anzufangen weiß. Egal, was auch geschieht, Anfang und Ende stehen im Leben allzeit an der Tagesordnung.

Wenn wir zurückschauen, sehen wir ein Jahr, das sehr schnell alt geworden ist. Eine weitere Etappe auf der Lebensstrecke ist überschaubar geworden, langweilig, da ausnahmslos bekannt. Wenn wir nach vorne blicken, empfinden wir Neugierde und Angst gleichermaßen. Es ist noch alles ungewiß, es ist noch alles drin. Wir haben keine Ahnung. Gleichgültig, wie alt wir gerade sind, es kann sein, daß unser Leben jetzt erst richtig anfängt, oder aber, daß es in diesem Jahr schon zu Ende geht. Es ist noch alles offen. Wir können uns verlieben oder trennen, können verlassen werden oder für immer den Richtigen finden. Ein Kind bekommen oder verlieren. Endlich eine Arbeit kriegen oder Krebs. Das Haus zu Ende bauen oder gänzlich im Schuldenberg versinken. Im Idealfall hoffen wir das Beste. Und im Notfall, daß alles beim alten bleibt. Weil das Alte nun so schlecht auch wieder nicht war.

Mit jedem Jahr, das beginnt, nehmen wir unweigerlich auch ein Stück Abschied. Das Jahr ist jung, wir selber werden dennoch älter. Das Abschiednehmen von der Jugend ist ein sanftes Sterben der beiläufigsten Art. Das erste graue Haar, die erste Falte im Gesicht – noch ist es leicht, da hinzusehen, noch tut es gar nicht weh. Damit das möglichst lange so bleibt, dehnen wir den Begriff von Jugend mit den Jahren gleichmäßig weiter aus wie einen Hosenbund. Und irgendwann sind schließlich alle jung, die noch nicht ganz so alt sind wie man selbst. Jung heißt eigentlich nur „jünger", sonst nichts. Aber wir wissen ganz genau, was dieses Altern letztlich so schwer und schmerzhaft macht: das ist, weil unser Innerstes nicht mitstirbt wie der Rest. Äußerlich werden wir mit den Jahren mehr und mehr zum brüchigen und armseligen Ersatzteillager; gelogene Haarfarbe oder überhaupt schon eine Zweitfrisur, zuerst nur eine Teilprothese im Mund, bald schon den totalen Zahnersatz, wattierte Büstenhalter oben, Bauch-und-Po-weg-Miederhose unten, dazu Stützstrümpfe und rutschsichere Schuhdoppler. Und im Körper ist auch nicht mehr alles, wie es war; das eine oder andere fehlt schon – Blinddarm, ein Drittel Magen, die Mandeln oder ein Stück Unterleibsorgan, – ein paar Fremdkörper sind dazugekommen: Herzschrittmacher, Bypass, ein paar Zentimeter Arterie, die eine oder andere Organspende, was auch immer. Doch innen bleiben wir immer jung. Verwirrt, verkalkt und vergreist legen wir uns am eigenen Lebensabend ins Bett, um uns mit denselben Hoffnungen und Träumen zuzudecken wie früher, ganz früher. Wenn wir das Licht ausmachen, sind wir plötzlich wieder siebzehn Jahre alt. Wenn wir die Augen schließen, sind wir schön. Und in so einer schlaflosen Nacht stehen wir abermals ganz am Anfang, leben unser Leben erneut im Konjunktiv, träumen von den ganz gewöhnlichen, großen Sachen – Liebe, Nähe, Harmonie – und ignorieren die Gespenster der Wirklichkeit, die zeigen, daß wir dem Ende schon ganz nahe gekommen sind: im Wasserglas am Nachttisch ertrinkt mitsamt dem künstlichem Gebiß unser Lächeln, das schlecht sitzt und blöd ausschaut. Innen lachen wir ganz anders. Innen drin spielt Zeit sowieso eine andere Rolle. Innen drin zählt unser Herz die Anfänge und die Enden mit seinem eigenen Maß, definiert jung und alt nicht nach den Blättern des Kalenders und hat statt nackter Zahlen nur Gefühle eingraviert. Kleine, große, belanglose, bedeutsame, schreckliche und schöne. Und innen drin ist auch ganz klar, was dieses Etwas ist, um das sich Anfang und Ende, von was auch immer, ein Leben lang, wieder und wieder, Jahr für Jahr, ranken. Auch wenn's dafür keine Worte gibt. Wenn es um Zeit geht, spricht ohnehin jeder seine eigene Sprache. Oder steht sprachlos vor der Zeit. Wie jetzt die Menschheit vor der neuen Zahl; jeder für sich ein kleines Fragezeichen, gut versteckt zwischen den noch ungewohnten Ziffern. Egal, die beste Zeit ist ohnedies immer die, in der man die Zeit nicht spürt, in der sie kein Maß hat. In der nur der Augenblick zählt. Dann sind wir weder jung noch alt und berühren für Sekundenbruchteile die große Dimension jenseits der Zeit. Und damit einen Funken Ewigkeit.

Februar

Geliebte Provinz – Kleine Hommage an ein Niemandsland

In der Provinz gehen die Lichter abends immer ein wenig früher aus als irgendwo sonst. Die Geschäftigkeit in den Straßen stirbt mit Einbruch der Dunkelheit. Und wenn man lange genug im Freien bleibt, kann man hören, wie es still wird. Ganz still. Es ist eine Stille, die es nur jenseits der großen Städte gibt, fernab der Moloche und Metropolen, in diesem Niemandsland, dieser zivilisatorischen Grauzone, in der die Bewohner mitunter den Gedanken hegen, das echte Leben spiele sich woanders ab.

Die Provinz ist eine Gegend, in der alles offen bleibt. Ein Ort der Ortlosigkeit, nicht mehr die große Stadt, noch nicht das richtige Land. Eine Übergangslösung, ein topographischer Verschiebebahnhof, ein kulturelles Umspannwerk, in dem die zahllosen Drähte und Kabel, die aus der nächsten Großstadt kommen, mit den spärlicher werdenden Kommunikationsnetzen der Ländlichkeit zusammenlaufen. Kleinstädte, Dörfer, Marktgemeinden. Kaum voneinander unterscheidbare Ortschaften. Industriezonen, Fabriksgelände, Vororte und Peripherien. Zufällige und beiläufige Landstriche, wo oft nicht viel mehr als eine Handvoll Häuser versammelt sind wie ein paar günstig gefallene Würfel. Provinz, das ist die Vorstadt, in der der Puls der City nur mehr als Echo ankommt und die Musik als Nachklang. Und wo die Möglichkeiten mit zunehmender Entfernung von der letzten Ortstafel immer beschränkter werden. Das Leben wird enger da draußen, in diesem Spannungsfeld zwischen zwei Welten. Als würde die große Stadt ihre gewandte, kosmopolitische Hand genau so weit ausstrecken, daß sie die abgearbeiteten, verhornten Fingerspitzen der kargen Provinz gerade noch erreichen kann. Und diese Berührung geht manchmal unter die Haut.

In der Provinz werden die Kleinigkeiten groß, müssen es in Ermangelung anderer Großartigkeiten zwangsläufig werden. Das Landläufige und Nichtige wird beizeiten besonders und wichtig. Und das Eigentliche bleibt meist, wie an vielen Orten der Welt, ungesagt. Oder verflüchtigt sich in Nebensätzen. Man muß genau hinhören, um die Melodie der Provinz vernehmen zu können. Dieses kleine Lied. Und auch die Schönheit zeigt sich erst auf den zweiten oder dritten Blick. Sie ist so halbherzig versteckt wie eine Rosenblüte hinterm Lattenzaun. Man muß schon genau hinschauen, sonst ist da nichts.

Auch das Herkommen und das Hingehören sind in der Provinz nicht so leicht zu definieren. Nicht viele sind „Gebürtige“, die meisten sind zugereist, zugeheiratet, zugezogen – oder nie weggekommen. Die Pendler fahren morgens zur Arbeit in die Stadt, die Städter kommen an lauen Sommernachmittagen heraus zu ihren Wochenendhäusern und Schrebergärten. Die einen möchten längst ganz in der Großstadt wohnen, wo es alles gibt, wo man alles haben kann, wo das Leben nie zur Ruhe kommt und alles rund um die Uhr geöffnet ist und verlockend. Und die anderen haben von allen Halbheiten genug und wären schon lieber ganz auf dem Land, weit draußen, fern jeglicher Geschäftigkeit und Kultur, inmitten unberührter Natur, in Stille und Einsamkeit. Zufrieden sind vermutlich die wenigsten, doch wenn sie es sind, dann ganz und gar und nicht ohne Grund.

Die Provinz legt eine seltsame Lupe über Kleinigkeiten des Alltags. Die Einweihung einer Kapelle, der restaurierte Bildstock, die Eröffnung eines Supermarkts, der Spatenstich zu einem neuen Gebäude der Infrastruktur oder bloß das Sommerfest mit Blasmusik und Ansprache, der Frühschoppen, der Kirtag – das alles kann hier schon eine große Sache sein. Und in karger Zeit sind Hochzeiten und Beerdigungen vielleicht überhaupt das einzige, was so passiert. Und das banale Dasein bricht.

Die Großstadt aber kann ein Ort sein, an dem einem alles zuviel wird. Der permanente Entscheidungszwang und die aberwitzig große Wahlmöglichkeit können ermüdend sein. Ein einziger Abend nur, ein beliebiges Datum – und ein Angebot, das alle Dimensionen sprengt: so viele Konzerte, so viele Kinofilme, so viele Theaterstücke, so viele Vernissagen, Lesungen, Empfänge, Veranstaltungen! Und hinterher so viele Lokale – Bars, Restaurants, Cafés und Nachtclubs – zur Auswahl. Auch bei Tag gibt es von allem ein unermeßliches Zuviel. Zu viele Läden, zu viele Waren, zu viele Okkasionen – und damit zuviel von allem, was schön ist, was man haben will, wo man gern dabei wäre.

Irgendwann bleibt man vielleicht einfach zu Hause. In einer Großstadt fällt die eigene Abwesenheit ohnehin nicht auf. Man ist anonym. Und daß ein gigantisches Erlebnisangebot glücklich macht, kann so nicht stimmen. Immerhin, Einsamkeit ist ein primär urbanes Problem. In Großstädten gibt es so viele Menschen, die in der Tat entsetzlich allein sind, die alt und verlassen wurden mitten zwischen Überfluß und Fülle, die schon am Vormittag trostlos aus den Fenstern grauer Hochhäuser lehnen und mit blicklosen Augen dem Geschehen in den Straßen zuschauen, ohne selber daran teilzunehmen. Auf dem Gehsteig und in den Parks liegen Obdachlose und Penner, saufen sich zurück in Erinnerung und Vergessen gleichermaßen, und können sich nicht so recht freuen über die schöne, fette Welt, die sie ohne Anteilnahme umgibt. Vielleicht fällt dem einen oder anderen das Schicksal sogar noch ein bißchen schwerer inmitten eines Lebensraumes, der doch alles bietet, mit allem aufwarten kann und bei Tag und Nacht Vergnügen verheißt. Vielleicht sind all diese Worte – Glück, Vergnügen, Konsum – doch nur Synonyme für Ablenkung und Ersatz.

In der Provinz ist Ablenkung schwer möglich. Es gibt von allem nicht viel, doch für jeden genug. Zum Leben reicht es allemal, was die Provinz zu bieten hat. Ein paar Wirtshäuser, spärlich gesäte Discos, einige Cafés, Kaufhäuser fürs Wesentliche, vielerorts eine Kirche, manchmal auch ein Puff, gelegentlich sogar beides. So wenig

Auswahl läßt die Menschen zusammenrücken. Man sieht sich oft, begegnet sich – und bleibt auch manchmal stehen. Wenn einmal etwas los ist, gehen alle hin. Einsamer als in der Stadt sind die Menschen hier wahrscheinlich auch nicht. Denn hier sind sie keine graue Masse, keine statistische Größe. Hier sind sie mehr als eine nackte Zahl, egal, ob amtlich erhoben oder nur als Dunkelziffer existent. In der Provinz haben die Menschen noch einen Namen. Jeder hat ein Gesicht und eine eigene Geschichte. Und an dieser Geschichte wird nicht selten Anteil genommen, gleichwohl nicht immer auf mitfühlende Art. Doch da geht keiner unter im Gewimmel, dafür sind sie zu wenige. Die Kinder gehen gemeinsam in die gleiche Schule, und manchmal sitzen die Nachbarn in ihrer Freizeit zusammen. In der Provinz gehen die Türen manchmal ein bißchen weiter auf.

Die einzige Eisdiele, das einzige Freibad, der einzige Friseursalon, so was schmiedet ein wenig zusammen. Man erkennt einander beizeiten schon an einem abgestellten Fahrrad, einem Nummernschild am Auto, einem vergessenen Regenschirm am Geländer, einem ausgelatschten Paar Schuhe vor der Tür. Hier hinterläßt noch fast jeder eine winzige, eigene Spur. Eine, die für andere lesbar ist. Und keineswegs belanglos. Sicher, viel Abwechslung gibt es nicht. Und nicht viele Chancen. Wer im Sandkasten zusammen gespielt hat, wird sich später vielleicht heiraten. Und wenn's so ist! Daran muß keine Liebe sterben.

Die Jahreszeiten geben dem Leben hier noch ein gewisses Maß. Nicht die Drei-Meter-Hasen in den Auslagen der Geschäfte weisen auf Ostern hin, sondern die Palmkätzchen, die hinter den Mülltonnen aufblühen, ergreifend schlicht und sehr selbstverständlich. Und Sommer, das ist, wenn die Hausfrauen in den Vorgärten stehen oder ihre Wäsche in die Sonne hängen, wenn die Männer ihre Autos polieren, den Rasen mähen, eine Runde joggen oder kurz beim Wirt vorbeischauen, um ein Eis für den Nachtisch zu holen. Vielleicht haben sie dabei sogar die Jogginghose an. Macht nix, man ist hier überall ein bißchen daheim. Im Herbst beginnt nicht das Kulturprogramm, sondern das Laubrechen und Obsternten. Dazu braucht man keinen Bauernhof. Und Weihnachten, das kommt einfach zusammen mit dem ersten Schnee …

Ein Hauch von Großstadt ist auch in die tiefste Provinz schon eingezogen. Da ein Chinarestaurant, dort eine Pizzeria, dazwischen vielleicht ein Shop mit Asiatika. Der sperrt aber bald zu, hier hat kaum jemand Bedarf an Meditationshölzern und Esoterikwerkzeug. Hier genügt Hundegebell hinter den Zäunen, das Gejaule sich paarender Katzen in der Nacht, Motorenlärm von der Durchzugsstraße, Stimmengewirr im Garten – und das Echo der Großstadt, die doch so nahe ist. Gleich dort hinten oder drüben, vielleicht nur einen Steinwurf entfernt. In der Provinz sind noch nicht alle Steine festzementiert. Und wer beizeiten über sie stolpert, der hätte in einer Metropole womöglich noch mehr Mühe mit dem geraden Weg und dem aufrechten Gang.

März

Faschingsfieber – Fastenzeit oder Was nicht in den Kalendern steht

Der Fasching geht nun zu Ende, nur noch zwei Tage bis zum Aschermittwoch. Zwei grelle Tage allerdings, Rosenmontag und Faschingdienstag. Quietschbunt, ohrenbetäubend laut, voll galligem Witz und unsinniger Heiterkeit. Die Straßen werden sich noch einmal füllen, mit Pappnasen, Rotznasen, Säufernasen, mit lustigen Gesellen, lächerlichen Witzbolden und tragischen Figuren. Wer sich ohne Maske unters Volk mischt, gilt als langweiliger Spielverderber, als humorlos und asozial. Als ob man das ganze Jahr hindurch, ein Leben lang, nicht schon genug Masken tragen müßte. Als ob man auf Bestellung lustig sein könnte. Als ob so ein paar grellbunte Stunden zwischen Suff und Sündigkeit das Dunkel der restlichen Zeit so einfach vom Tisch fegen würden.

Wer an so einem brausenden Faschingstag durch die Stadt geht, trifft mitunter auf seltsame Gestalten. Auf Menschen, die sich des Zwanges zur dummdreisten Lustigkeit nicht wirklich erwehren konnten, ohne dabei tatsächlich lustig zu sein. Minimalistisch maskiert liefern sie sich dem närrischen Treiben aus, tun gerade soviel, daß ihnen keiner vorwerfen kann, sie wären mieselsüchtige Gegner der verordneten Gaudi. So stehen verhärmte Hausfrauen mit mürrischer Miene vor der Wurstvitrine, blicken mit einer Mischung aus Weltschmerz und Alltagsgrant über den Ladentisch, haben kein Wort und kein Lächeln zuviel auf den verkniffenen Lippen – dafür aber eine große, rote Plastiknase mitten im Gesicht. Auf dem Gehsteig unterhalten sich zwei seriöse Herren mittleren Alters angeregt über ein ernstes Thema, tauschen nüchtern und kultiviert die sachlichsten Argumente aus – und tragen dabei die klassische Last-Minute-Maskierung für eilige Faschingsnarren: die bewährte Kombination aus doofer Brille, großer Nase und blödem Bart. Gelegentlich entdeckt man auch Gesichter in der Menge, die sich mit nichts anderem verkleiden als mit einem Paar dicker Kunststoffwangen, die sie über ihre eigenen, vielleicht auch dicken Wangen geklemmt haben. Grundsolide Familienväter marschieren ernst und steif durchs Getümmel, ihre Faschingslaune mit nichts anderem als zwei wippenden Antennen auf ihrem Kopf zum Ausdruck bringend. Elegante Damen malen sich ein paar rote Herzen auf die Stirn, was sie entweder zu pensionierten Pippi Langstrumpfs macht oder zu verkappten Möchtegern-Clowns. Doch nicht nur die aufgemalten Herzen bleiben an einem solchen kunterbunten Tag bisweilen einsam.

Wem es nicht gut geht, für den kann die Faschingszeit schnell zum blanken Alptraum mutieren. Ein Grund dafür ist, daß man der Fröhlichkeit nur schwer entkommen kann. Allerorten tobt und dröhnt es, aus jedem Lokal, egal, ob erst- oder letztklassig, dudelt Musik, an jeder Ecke wird gegrölt, gesungen, geschrien. Und diese ganze Lustigkeit ist dann manchmal gar nicht mehr lustig. Wenn man keinen Partner hat, kann man nur sehnsüchtig vor den neonfarbigen Plakaten stehen und sich vorstellen, wie es wäre, mit jemandem auf eine der darauf beworbenen Veranstaltungen zu gehen. Egal, ob rauschende Ballnacht oder derbe Faschingsdisco, wer allein ist, spürt die Einsamkeit inmitten von Spaß und Gaudium doppelt. Für die Unglücklichen ist der Fasching keine leichte Zeit. Und es bleibt die Frage, wie absurd, wie bizarr, und gespenstisch es einem vorkommen muß, wenn man selber gerade am Krankenbett eines geliebten Menschen sitzt und hofft und weint und tröstet und bangt, während sich da unten auf der Straße die Leute über Scherzblut, künstliche Wunden und aufgeklebte Geschwüre kaputtlachen. Wie merkwürdig muten Todesanzeigen im Anschlagkasten an, wenn sich gleich daneben Luftschlangen ringeln und Clownsgrimassen ihre Zähne blecken. Doch dem Tod selbst ist das gleichgültig; er reißt uns allen die Masken vom Gesicht, und für viele ist es vielleicht überhaupt das erste Mal, daß sie so schonungslos sie selbst sein müssen; auf dem Sterbebett bleibt von uns nichts anderes übrig als das nackte Gesicht, die Handvoll Leben, die wir hinter uns haben, die schwindende Kraft und die eigene Art.

Früher hieß es mitunter, im Fasching würde sich jeder als das verkleiden, was er schon immer sein wollte. Doch die Zeit der Ritter, Könige und Prinzessinnen scheint lange vorbei. Heute sind andere Kostümierungen schick geworden; man geht als Unfallopfer oder Wasserleiche, als Frankensteins Monster oder als Zombie, als Hexe oder Teufel. Wer sonst nicht genug Mut zur Blasphemie aufbringen kann, wirft sich in Mönchskutte oder Nonnenkostüm. Einen Tag vor Aschermittwoch kann man dem Herrgott noch rasch eins auswischen. Und auch sonst bringen Verkleidungen oft die irrwitzigsten Klischeevorstellungen ans trübe Tageslicht. Zu gern verkleiden sich Männer als Frauen. Und werden damit allesamt im Handumdrehen zu Nutten. Wenn ein Mann wie ein Mädchen aussehen will, greift er fast ausnahmslos tief in die Stereotypenkiste hinein und greift damit zum Stretchmini, zum riesigen Airbagbusen, zu Afroperücke und knalligem Lippenstift. Und Frauen, die sich als Männer verkleiden, tragen fast ausnahmslos Nadelstreifanzüge, breitkrempige Hüte und schmale Bärtchen. Was dabei herauskommt, ist ein schräges Bild unserer Geschlechterdefinitionen: als wären alle Frauen Huren und alle Männer Mafiosi. Und bei manchen Kostümierungen fragt man sich überhaupt, welche geheimen Wünsche sie wohl zum Ausdruck bringen mögen. Wer träumt von einem Leben als Litfaßsäule oder Trafohäuschen? Wessen geheimster Wunsch kann es sein, mit dem Gesicht von Thomas Gottschalk oder Helmut Kohl herumzulaufen? Und was sagt uns das, wenn einer einfach als Schweinderl geht? Ja, was sagt uns das?

Gewiß, die wirklichen Wünsche lassen sich nicht so leicht mit einem Kostüm darstellen. Für diese Art Menschen, die wir insgeheim vielleicht gerne wären, gibt es keine Larven zu kaufen, nirgendwo. Zufriedenheit und Glück lassen sich ebenso wenig durch ein knallrotes Grinsen ins Gesicht schminken wie Männlichkeit und

Stärke durch einen falschen Bart. Unsere eigenen Unzulänglichkeiten müssen wir für den Rest des Jahres also etwas subtiler verbergen. Hinter Masken, die sich nicht so schnell entfernen lassen wie eine Gummihaut, die man einfach aufschneiden kann. Für manche Maske braucht einer Jahre, bis sie wirklich sitzt, bis ihm keiner mehr dahinter kommt, daß alles nur Fassade ist. Fassade, Allüre, Attrappe, Arrangement.

Selbstsicherheit, Souveränität, Zivilcourage, Mut, Gelassenheit und Coolness – das sind so die Masken, die wir uns im Laufe des Lebens antrainieren und oft hart erarbeiten müssen. Tun wir das nicht oder gelingt uns das nur mangelhaft, stehen wir schnell im Abseits. Wir leben leider in einer Zeit, in der selbst Mängel und Mißgeschicke nicht selten zum Ideal hochstilisiert werden. Der Büchermarkt wird mehr und mehr überschwemmt mit Druckwerken, in denen alles nachzulesen ist über das gelogene Glück. Von „Hurra, ich werde älter“ über „Die Lust, ein lebenslanger Single zu sein“ bis hin zu „Glücklich und fett“-Brevieren reicht die Palette, die zugleich einen tragikomischen Bogen über all unsere Masken spannt. Noch hat kein Autor den Mut gefunden, sich seine Maske abzureißen und die Wahrheit zu schreiben. Noch ist kein Buch auf dem Markt, in dem nachzulesen wäre, daß Dicksein so lustig nun auch wieder nicht ist, daß ein Leben ohne Partner nicht wirklich schön ist, daß es so toll nun auch wieder nicht ist, ein ewiger Verlierer zu sein.

Es läßt sich nicht ausmachen, wann die Menschheit mit dem Maskentragen begonnen hat. Heute muß man jedenfalls mitspielen, sonst geht man unter. Gewiß, im Innersten ahnen wir wohl alle, was für erbärmliche Würstchen wir eigentlich sind, wie klein und nichtig wir dastehen vor allem, was größer ist als wir selbst. Keiner sagt, daß er Angst hat vor so vielem, keiner gibt zu, wie aufgeregt, nervös und unsicher er oft ist, niemand gesteht sich Mißerfolge freimütig ein, und wenn doch, dann mit einem sarkastischen Unterton. Alles halb so wild. Was mich nicht umbringt, macht mich härter. Und aus jeder Niederlage wird gelernt!

Am Aschermittwoch durch die ausgestorbenen Straßen der Stadt zu gehen, mit nichts als dem nackten Gesicht und der eigenen Art – das lohnt sich, das tut gut. Vorbei der Mummenschanz, die grellen Plakate zerrissen und zerfetzt, der einsame Weg übersät mit Konfettis und Luftschlangen von gestern. Zertretene Pappbecher, Scherben, Pfützen, künstliches Haar in Sonnengelb, das von den leeren Zweigen weht, vielleicht die eine oder andere plattgewalzte Nase. Das ist die wunderbare Melancholie nach dem Lärm. Nun beginnt die Fastenzeit. Und damit wieder die Wirklichkeit, das echte Leben. Und ein bißchen auch der Frühling. Wer ganz still wird, hört vielleicht schon den ersten Vogel singen. Und den eigenen Herzschlag. Nachdem die aufgemalten Herzchen endgültig abgewischt sind.

April

Wir sind nur Sternenstaub … Wichtigkeiten, Nichtigkeiten und Werte im Wandel

Es geht auf Ostern zu, wir stehen mitten in der Fastenzeit. Wahrscheinlich ist dieser Umstand für einen Großteil der Bevölkerung bedeutungslos. Und das hat nicht unbedingt etwas mit Kirche und Christentum zu tun, auch wenn das Fasten gemeinhin als vorösterlicher Bußakt zur Vorbereitung auf das hohe Fest der Auferstehung gedacht ist. Heute verbindet man den Begriff des Fastens nahezu ausschließlich mit Diät. Und der Wunsch nach einer Gewichtsreduktion hat nur selten religiöse Wurzeln.

Manchmal, mitten im Alltag, zwischen ein paar belanglosen Atemzügen, begreifen wir mitunter, daß unser Leben zunehmend von der Kehrseite des Fastens bestimmt wird: der totalen Übersättigung. Im Dickicht unzähliger Waren- und Sinnangebote, in der Flut endloser Möglichkeiten und zahlloser Lebensentwürfe finden wir uns selbst beizeiten an einem Totpunkt angelangt, der die Mannigfaltigkeit der Chancen in totale Chancenlosigkeit umkehrt. Und dies ist nicht zuletzt eine Frage von Wichtigkeiten und Nichtigkeiten und damit eine Frage im Zerrspiegel sich wandelnder Werte.

Über Werte zu sprechen, ist gefährlich. Es ist ein Tanz auf dünnem Eis; wer einbricht, steckt schnell in einer Schublade, landet bei bigotten Moralaposteln, konservativen Spießbürgern, verklemmten Polemikern oder gehört zu den zynischen Weltuntergangspropheten und galgenhumorigen Utopisten. Dennoch besteht kein Zweifel daran, daß heute vieles zum Wert erhoben wurde, was in sich völlig wertlos ist, und dabei die eine oder andere echte Wichtigkeit langsam verloren ging.

Das, was heute zählt, was in den Medien und in der Gesellschaft den Ton angibt, wird dem Menschen selber längst nicht mehr gerecht und weniger noch der Menschlichkeit. Die Werte, die unsere Gegenwart bestimmen, sind oft krasse oder fast krankhafte Auswüchse einer scheinbar gescheiterten Sinnsuche. Es sind bizarre Ideale, die eine gnadenlose Diskriminierung der Mehrheit zur Folge haben. Dadurch stehen viele von uns, ob nun bewußt oder unbewußt, längst schon im sozialen Off.

Jugend – das ist einer der unerläßlichsten Werte unserer Zeit. Wer heute nicht jung ist, ist nur mehr marginal vorhanden, gehört zu keiner Zielgruppe mehr, ist nahezu stimmlos. Musik, Mode, TV-Programm, all das ist fast durchwegs auf ein sehr junges Publikum zugeschnitten. Und in einem Unterhaltungslokal fühlt sich bereits ein Über-30-Jähriger nicht selten wie im Ghetto. Hip, chic und trendy ist, wer aussieht, als wäre er der Pubertät noch nicht mal richtig entwachsen. In ist, wer die Hitparade rauf und runter hört. Im Zeitgeist befindet sich, wer von Zeit noch kaum was mitbekommen hat. Das Leben ist ein rasanter HipHop zwischen Schulmädchenlook und Boygroup. Kein Wunder, daß dadurch alles sehr schnellebig und damit flüchtig geworden ist. Die Jugend dauert eben nicht besonders lang, ein paar Jahre, vielleicht ein Jahrzehnt. Der große Rest, der übrigbleibt und der das wahre Leben ist, dauert daran gemessen zwar eine Ewigkeit, wird aber vom bedingungslosen Jugendkult zumindest medial ausradiert. Falten kriegen, krank werden, Verluste und Enttäuschungen erleben, die Scherben zerbrochener Träume aufsammeln, die Niederlagen unter den Teppich kehren – das ist es wohl, was letztlich unser Dasein bestimmt, doch gesellschaftlich ist das irrelevant. Jugendkultur, das heißt Spaßkultur, heißt Fetenkult und Discofieber, heißt Tanzen bis zum Umfallen, Feiern bis zum Abwinken, Saufen bis der Notarzt kommt. Und immer auf der Überholspur leben. Von einem Extrem ins andere, von einem Kick zum nächsten, vom Bungee-Sprung zum Tiefseetauchen. Das ist die Achterbahn der Fun-Generation. Und allemal besser, das Brett vorm Kopf ist ein schneidiges Snowboard als der Querbalken eines Kreuzes, das da andernfalls mit seinem ganzen Gewicht zu tragen wäre.

Gewicht. Das ist grundsätzlich ein wunder Punkt in unserer fetten Welt. Wo der Jugendkult ausgebrochen ist, ist auch der Schönheitswahn nicht weit. Individuelle Schönheit ist dabei nicht erstrebenswert – Perfektion heißt das Ziel. Fragt sich nur, ob es nun Fluch ist oder Segen, daß sich beinahe alles, was dem Ideal nicht entspricht, problemlos machen läßt. Wir sind mehr und mehr umgeben von platter, perfekter Schönheit; zurechtgeschnitzte Hollywoodgesichter mit waschpulverweißen Zahnreihen, serienmäßigen Stupsnasen und trendig unterfütterten Lippen und Wangen, dazu aufgeblasene Busenbilder auf sämtlichen Illustrierten und jede Menge begradigter Körper in Musik- und Modewelt.

Die heutige Schönheit ist selten echt, und noch seltener gottgegeben. Wo früher noch naiv gemogelt wurde, mit Wimperntusche, Miederslip und Wonderbra, wird jetzt gleich operiert; da weggesaugt, dort aufgepolstert, gespannt, gerafft, geebnet. Es droht eine Zeit, in der man sich vielleicht wahrhaftig schämen muß, wenn man ein Leben lang so aussieht, wie man geboren wurde, die Spuren des Alters zwar mit Melancholie, aber doch, hinnimmt, den Verlust von Jugend und Schönheit irgendwann so beiläufig abhakt wie einen verlegten Regenschirm und einfach der bleibt, der man immer schon war, um bis zum Lebensende vielleicht der zu werden, der man sein möchte: ein echter Mensch, kein Plastikgeschöpf einer künstlichen Welt, eine Summe von Erfahrungen, kein aufgegangener Chirurgenplan, ein Produkt aus Glück und Schmerz, kein Abziehbild der Massenkultur, die in Wahrheit gar nicht die Masse favorisiert, sondern aus Einzelwesen eine Masse erzeugen möchte. Eine beängstigende Masse der Beliebigkeit und Austauschbarkeit und des diktatorischen Perfektionismus.

Genug ist nicht genug, mehr denn je ist das die Devise. Die Gier nach so vielen fragwürdigen Werten hat letztlich das aus uns gemacht, was wir sind: eine Wohlstandsgesellschaft, die am Überfluß krepiert. Nein, wir verhungern nicht wie die schwarzen Schreckgespenster der Dritten Welt, für die wir manchmal ein bißchen spenden. Und doch, das, woran wir langsam zugrunde gehen, ist vielleicht nur eine andere Art von Hunger.

Wer uns das alles vorschreibt, diese genormten Wichtigkeiten, das wissen wir nicht so genau. Es ist bloß ein Gefühl, ein beunruhigender Verdacht, der uns sagt, daß wir dies alles brauchen: Luxusheim und Traumurlaub, Designerkleid und Gourmetmenü, Glamour, Golfsport, Guccis neuen Duft. Wir leisten uns das einfach mal, wenn's sein muß, auch auf dem Gipfel eines enormen Schuldenberges. Und wenn von dort kein Abstieg mehr möglich scheint, können wir uns ja immer noch erschießen. Und die restliche Familie gleich mit. Besser eine solche, letzte Schlagzeile als Abgang von der gecasten Lebensbühne, als demütig anzuerkennen, daß manche Grenzen einfach existieren.

Grenzen sind Wertfeinde geworden. Die Aufhebung natürlicher Grenzen ist bereits weit vorangeschritten. Eine aberwitzige Freizügigkeit wird nun zur Natürlichkeit hochstilisiert; was einst intim, privat und unendlich aufregend war, gehört heute auf jede drittklassige Veranstaltung: Gogo-Girls und Men-Strip, aggressive Fleischbeschau und jede Menge Dirty Dancing. Nur so bekommt man Publikum. Und Geld. Sex sells! Im Fernsehen, am Telefon, im Internet. – Kaum verwunderlich, daß das Bild der Frau sich selbst im Zeitalter der Emanzipation vorwiegend auf ein Paar blanker Brüste und zeigefreudige Willigkeit im Stringtanga beschränkt. Sinnvoll ist, daß alles, was Spaß macht, erlaubt werden soll, und daß Sex seine Tabus endlich verliert. Veröffentlicht muß er deswegen aber noch lange nicht werden.

Und Fasten – was heißt das schon? Ostern – wer braucht das noch? Auferstehung – wen könnte das betreffen? Wir sind doch alle längst unsterblich, weil es uns in Wahrheit gar nicht mehr gibt, so wie wir sind. Lebendig und verschieden. – Noch bleibt etwas Zeit bis zur Nestersuche im Gras. Zeit genug auch für eine kleine Suche der anderen Art: Der Suche nach dem, was wirklich wichtig sein könnte. Und nach dem, was von uns übrigbleibt, wenn wir die modernen Werte abstreifen. Das ist dann nicht viel mehr als Sternenstaub, sehr klein und sehr vergänglich. Da ist die Auferstehung dann doch wieder kein gar so schlechtes Ziel.

April

Liebe – Mehr als ein Wort

Morgen beginnt schon wieder der süße Monat Mai; allein das Wort ist eine kleine Verheißung, so leicht und kurz wie der Flügelschlag eines Schmetterlings. Mai – das klingt so herrlich nach Vogelstimmen und Blätterrauschen im Kastanienlaub. Duftet schwer nach Flieder, der sein dramatisches Violett über Mauern und Zäune tropfen läßt oder mit seinem unschuldigen Milchstraßenweiß ein dichtes Sternenmeer an den Himmel wirft. Von unten betrachtet.

Es fällt einem vieles ein bei diesem Monatsnamen; Vergißmeinnicht, Veilchen, Rosen – und all das im nostalgischen Poesiealbum, einen kitschigen Spruch umrahmend, der nie endende Zuneigung beteuert und ewige Treue schwört. Im Normalfall hat man mit den Schreibern dieser Zeilen seit Jahrzehnten nichts mehr zu tun. Auch kommt einem im Mai gern in den Sinn, daß man ja eine Mutter hat. In zwei Wochen ist Muttertag. Für die Kinder ein Tag der selbstgemalten Herzen, selbstgepflückten Blumensträuße, auswendig gelernten Gedichte und fast gar nicht mißlungenen Marzipantorten. Für manch andere ist es ein Tag des Pflichtbesuches samt Pflichtgeschenk und der traditionellen Zwanghaftigkeit, bestehend aus einem militärisch verordneten Ausflug ins Grüne, einer gut gemeinten Muttermast durch ein vielgängiges Menü und dem Abschiedsversprechen, sich vor Weihnachten noch mal zu melden. Für viele ist es auch ein Tag der stillen Erinnerung. Das ist, wenn man keine Mutter mehr hat. Da würde man dann doch lieber eine extraschwierige Torte backen, ein viel zu kostspieliges Geschenk kaufen und die Blumen überall sonst lieber hinbringen als ans Grab. Mit einem Lächeln erinnert man sich dann vielleicht an den einen oder anderen fürsorglichen Ratschlag, entdeckt mit Stolz und Staunen, daß man gerade einen Pullover anhat, den sie noch gestrickt hat, und nimmt schmerzhaft zur Kenntnis, daß man nie mehr Kind sein wird und sich sterblicher fühlt als je zuvor. Schutzlos und ziemlich allein. Das alte Lied „Mamatschi, schenk' mir ein Pferdchen" kommt einem in den Sinn, und es wäre nun schon ein schönes Geschenk, wenn man wenigstens wüßte, wo die geliebte Mutter jetzt ist, ob es sie in irgendeiner Form noch gibt, ob sie von irgendwo da oben noch herunterschaut und ein bißchen aufpaßt auf ihr inzwischen groß und vielleicht selber alt gewordenes Kind, ob sie sieht, wie schön die Stiefmütterchen auf ihrem Grab jetzt blühen oder ob sie vielleicht selbst ein klein wenig in ihnen steckt, ihren besorgten Ausdruck nun den Blumengesichtern leiht und ab und zu auch ihre gerechte Grimmigkeit. Oft ist es so, daß man sein Leben lang nicht genau weiß, was man für seine Mutter empfindet, ob Dank oder Mitleid, Freundschaft oder Ehrfurcht, und ob man das alles wirklich Liebe nennen kann. Wenn die Mutter tot ist, weiß man es. Und wird es fortan Liebe nennen.

Nicht nur die Liebe zur Mutter ist ein Thema im Mai. Auch die Liebe als solche, die ohne biologischen Ursprung und genetische Verwurzelung, ist in diesem Monat ein fest verankerter Begriff. Erste Verliebtheit, Verlobung oder gar Hochzeit – im Mai brennen viele Herzen lichterloh. Dabei ist Liebe nicht selten etwas, das von Romantik und Maienseligkeit weit entfernt ist. Liebe ist oft das Gegenteil jeglicher Lieblichkeit. Liebe, ernst und damit beim Wort genommen, ist meist unsentimental, rauh, widersprüchlich, unsinnig, unvernünftig, kantig, kratzbürstig und kompliziert. Vielleicht die schwierigste Form von Glück überhaupt. Und dennoch eine der schönsten.

Über kaum ein anderes Thema wurde soviel geschrieben und gereimt. Immer wieder rankten sich die Gedanken großer Dichter und Denker darum, unaufhörlich inspirierte die Liebe, oder auch die Abwesenheit derselben, die Künstler. Dennoch ist auch eine Geschichte über die Abwesenheit von Liebe immer noch eine Geschichte über die Liebe. Ob von Zuneigung überschüttet oder gnadenlos einsam – es sind nur zwei Gesichter ein und derselben Sache. Liebe geht jeden etwas an.

„Erklär mir, Liebe“, forderte Ingeborg Bachmann. Und gab sich dabei selbst schon die Antwort. Liebe läßt sich vermutlich nur durch sich selbst erklären. Wo äußere Umstände und Bedingungen hinzukommen, entsteht schnell eine Kosten-Nutzen-Rechnung, eine praktische Interessensgemeinschaft, ein gut abgewogenes Geben und Nehmen. Glück, auf dieser Basis aufgebaut, ist deshalb noch lange kein Liebesbeweis. Denn wer wahrhaftig liebt, der liebt vermutlich unbeirrbar, liebt bedingungslos und radikal immer weiter, auch dann, wenn nichts mehr zu lieben ist. Diese Liebe ist ein Ausnahmezustand, ist taub und blind, gänzlich immun gegenüber Kommentaren und Meinungen von außen, und sie hört auch dann nicht auf, wenn sie beleidigt, enttäuscht, hintergangen oder nicht mehr erwidert wird. Es gibt Eltern, die so lieben; den verlorenen Sohn, die losgesagte Tochter. Es gibt Tiere, die so lieben; der treue Hund sein ihn mißhandelndes Herrchen, die verschmuste Katze, die immer wieder mit der Hand spielt, die sie schlägt. Selten gibt es Paare, die einander so lieben können. Wer das zustande bringt, kommt der göttlichen Idee von Liebe vielleicht am nächsten; Hingabe an den anderen bis zur Selbstaufgabe und bis über den Tod hinaus. Da ist Treue keine selbst auferlegte Pflicht mehr, sondern ein existentielles Selbstverständnis. Stolz, Würde und Selbstachtung werden mitunter zu einem Vokabular, das im weit gesteckten Rahmen der Liebe keinen Platz mehr hat. Und dies vielleicht mit Recht. Exupérys „Kleiner Prinz“ erkennt ganz richtig: „Man ist ein Leben lang für das verantwortlich, was man sich einmal vertraut gemacht hat.“ Ein wunderbares, hehres Ziel. Nur die wenigsten erreichen es.

„Liebe ist nur ein Wort“, so liest man bei Simmel nach. Ein Satz, der den Nerv unserer Zeit leider allzu sehr trifft. Das Zeitalter der „Lebensabschnittspartner“ ist längst angebrochen, das Wort selbst gehört mittlerweile zum Alltag. Ein Wort, das eigentlich ein Skandal ist, eine perfide Beleidigung, eine unfaßbare Verletzung von Gefühl. Mit diesem Wort hat die Beliebigkeit Einzug in unser Dasein gehalten, und damit auch die Austauschbarkeit, das legitime Vermeiden jeglichen Sich-Festlegens.

Von Kafka stammt der Ausspruch: „Es gibt einen Punkt, von dem aus keine Umkehr möglich ist. Dieser Punkt ist zu erreichen.“ In dieser Zeit wird gerade das vermieden und verhindert. Wer sich ein Leben lang an einen anderen Menschen binden will, gilt oft als konservativ, phantasielos, erzkatholisch oder im harmlosesten Fall schlicht als bequem. Erfahrung wird heute gleichgesetzt mit zahllosen Beziehungsversuchen, Affären, Begegnungen, Amouren. Daß Liebe, wenn sie echt ist, viel mehr darstellt als ein religiöses Gebot oder einen Fluchtweg aus der fundamentalen, menschlichen Einsamkeit, hat heute kaum noch Bedeutung. Nur zu oft macht die Liebe selbst einsam, vor allem wenn sie einseitig oder nicht konsumierbar ist. Das mindert ihren Wert jedoch nicht.

„Es gibt Nägel, an die man Gedichte hängt, und einmal vielleicht auch den Strick“, schreibt Christine Busta. Ein solcher Nagel ist die Liebe allemal. Doch mehr noch ist es ein Nagel zum Festhalten in einem Leben, das sonst wenig Halt zu bieten hat. Denn wo die Liebe ein Thema ist, ist auch der Tod eines. Verlust und Abschiednehmen gehören dazu. Vielleicht tarnen viele ihre Furcht davor mit Verneinung, wollen an die Liebe nicht mehr glauben, weil sie damit zugleich auch an ihr Ende glauben müßten. Auch wenn kein Tod ein Band zwischen zwei Menschen zerschneiden kann, lösen und damit noch dünner machen kann er es in jedem Fall. Darum gehört auch zur Liebe, was Reiner Kunze so wunderbar in seinem „Bittgedanken, dir zu Füßen" formulierte: „Stirb früher als ich, um ein weniges früher nur. Damit nicht du den Weg zum Haus allein zurückgehen mußt." Sich dies zu wünschen, übersteigt unsere Kräfte fast. Lieber hätten wir es wohl umgekehrt; egal, ob es nun um die Mütter geht oder die Kinder, die Väter, die Partner, die, die uns am nächsten sind. Wir möchten nirgendwo hin allein gehen, weil wir in Wahrheit alle Liebe brauchen, mehr als wir verdienen. Nicht nur im Mai!

Mai

Mitten im Mai: Anfänge – Abschiede und die Zeit dazwischen

Es ist Mitte Mai, wieder einmal. So wie in allen Jahren davor und danach, und dennoch kommt es uns vor wie ein erstes Mal. Die Landschaft auf der Höhe des Frühlings, ob verregnet oder nicht, ist letztlich einerlei. Die Kastanien haben feierliche Kerzen aufgetragen, der Flieder blüht so altmodisch und duftend wie eh und je und schickt sich doch schon an, bald zu verwelken. Maiglöckchen parfümieren die Gärten; die Knospen der Pfingstrosen sind prall, es fehlen kaum noch ein paar warme Tage, dann werden sie ganz in Duft und Farbe explodieren, werden lautlos aufplatzen, um ihre vergängliche Schönheit feilzubieten wie eine ein wenig zu pompös zurechtgemachte Dame hinter dem Zaun. Ihre Anmut ist so flüchtig wie ihr süßer Duft. Eine Woche später werden die Blütenblätter schon wieder faul und matschig auf der Erde liegen, die prachtvollen Sträuße, die wir noch stecken wollten, müssen wir als beiläufige Idee mitschleppen bis zum nächsten Frühling. Wieder einmal waren wir nicht schnell genug.

Was jetzt noch nicht gesät wurde in den Gärten, das können wir getrost vergessen. Die neue Frühlingsgarderobe müssen wir nun auch nicht mehr kaufen, es steht ja schon der Sommer vor der offenen Terrassentür. Was bis jetzt liegengeblieben ist in diesem doch noch jungen Jahr, das wird wohl weiter liegenbleiben. Für einen Anfang ist es eigentlich zu spät, mitten im Mai. Da ist das Leben, unser Leben!, das wir beharrlich ändern wollen, im großen und kleinen, längst schon voll im Gang. Und fühlt sich dennoch an wie Stillstand.

Obwohl, gerade jetzt im Frühling scheint die Gelegenheit zum neuen Anfang herrlich günstig. Die Knospen lang gehegter Liebe öffnen sich der Welt in Hochzeiten. Der Mai, das ist die Hochsaison der Romantiker; gegen das satte Grün der Wiese leuchten die weißen Brautkleider so rein, daß man an keinem fest versprochenen Glück je zweifeln möchte. Auch, wenn selbst in diesem Jahr wieder viele Paare einander die Treue schwören, die vielleicht in ein paar Jahren schon die Scheidung einreichen. Weil auch eine große Liebe so schnell vergehen kann wie der Mai, weil sich oft allzu bald ein Hauch von Herbstlichkeit über das gemeinsame Glück legen kann, weil sich oft allzu schnell der Alltag über menschliche Beziehungen hermacht wie feiner Nebel, der sich vom Himmel herabspinnt und einen zarten, kühlen Schleier über alles legt, was doch vor kurzem noch voll Wärme war und Leben. Und die Blätter des Kalenders, die im Laufe einer Partnerschaft so abgerissen werden, sind beileibe nicht immer so bunt und leuchtend wie jene an den Laubbäumen im Park. Aber auch das können wir uns jetzt, mitten im Mai, noch nicht vorstellen: daß das lichtdurchflutete Grün an den Ästen jemals verschwinden könnte, sich wandeln zu Septembergelb und Oktoberrot, und irgendwann einfach nicht mehr da sein. Was uns dann, unter den kahlen Wipfeln, im trüben Licht des alt gewordenen Jahres, noch trösten kann, ist, wieder einmal, die Hoffnung auf den nächsten Frühling. Die Hoffnung auf einen neuen Anfang.

Wer weiß, was uns am Ende des Lebens blüht. Vielleicht schauen wir selber dann auf nichts anderes zurück als auf endlos viele Anfänge. Beinahe täglich wollten wir ein neues Leben anfangen, wollten endlich alles anders machen, den Seelenmülleimer entrümpeln, den Herzensacker von lästigem Unkraut befreien, die Gedankentruhe ausmisten. Wir haben unaufhörlich Pläne geschmiedet, haben die Vorstellungen von uns, die Entwürfe von unserem neuen Leben mit dem geistigen Auge fotografiert und dann als gerahmte Bilder an die Wand gehängt. Geschehen ist nichts, ausgeführt haben wir nichts davon, geblieben sind nur unsere Wünsche nach einem Anfang, welcher Art auch immer. Die Wünsche haben wir festgehalten, haben sie festmontiert am Horizont, und sind beharrlich auf sie zugeschritten. Und eines Tages, es wird wohl unser letzter sein, stehen wir ratlos davor, verwundert, schauen sie an und erkennen: es hat sich nichts geändert. Ob wir die Wünsche auf der anderen Seite, so es sie gibt, wahrmachen können, wissen wir nicht. Ob sich dahinter vielleicht etwas ganz anderes verbirgt, auch nicht. Aber daß endlich einmal etwas anfangen soll, dessen sind wir uns ganz gewiß.

Den Rest der Zeit, der letztlich unser Leben ist, verbringen wir mit Warten. Wir warten auf Anfänge, wir sind voll Vorfreude, wir sind manchmal auch voll Angst. Es ist alles so ungewiß, die Zeit davor, wovor auch immer, ist einzig sicher, und sie gehört uns ganz. In dieser Zeit ist Platz für alles, und tausendmal hören wir uns zuversichtlich Sätze sagen, die mit den Worten „Irgendwann“ oder „Irgendwo“ oder „Eines Tages“ oder „Nächstes Jahr“ beginnen. Und neue Pläne fassen wir nur, indem wir uns von unseren alten verabschieden, ohne sie je verwirklicht zu haben. Gelegentlich werden wir unruhig. Das mit der Liebe, mit dem Lebensglück, der Hochzeit, das wird schon noch kommen – jetzt ist ja erst Mai und nächstes Jahr schon wieder. Und die paar Kilos für die Frühlingsgarderobe, die sind im nächsten Jahr um diese Zeit bestimmt auch runter. … Der Flieder ist schon fast verwelkt in diesem Jahr, die Kastanienkerzen brennen noch ein Weilchen, die Pfingstrosenknospen gehen heute oder morgen auf. Sofort raus in den Garten und einen prachtvollen Strauß schneiden! Auch ohne Hochzeit, ohne neues Leben, mitten im unfertigen Entwurf unseres Daseins, in dem wir traurig hocken und sehnsüchtig zum Fenster rausschauen, vor dem unser gedachtes, noch nicht angefangenes Leben sich abspielt. Über die Müllsäcke der seelischen Abfallprodukte hinweg, zwischen dem wuchernden Unkraut unserer Probleme und Alltagssorgen hindurch, am dürren Gestrüpp alter Träume vorbei, hinaus, zum Zaun, wo es schon blühen will, und ein paar Blumen pflücken, sei ihr Duft noch so flüchtig, ihre Schönheit noch so vergänglich. Egal, wohin damit. Denn jetzt ist Mai. Und dieser Mai, soviel ist sicher, kommt bestimmt nicht noch einmal, zu keiner Zeit, in keinem Frühling, ausnahmslos.

Mai

Idole – Eine Annäherung aus der Ferne

Wieder einmal jährt sich der Todestag von Romy Schneider. Am 23. September hätte die große österreichische Schauspielerin von Weltformat Geburtstag gefeiert. Doch auch wenn für sie längst keine Wiegenfeste mehr zu feiern sind – gefeiert wurde die Künstlerin auch noch weit über ihren Tod hinaus. Und vielleicht war sie eines der letzten Idole des 20. Jahrhunderts. Sie hatte alles, was nötig war zum dauerhaften Ruhm: Schönheit, Talent, Charisma, Unverwechselbarkeit – und ein tragisches, kurzes Leben. Das eint sie mit allen, die aus der unscheinbaren Masse hervortraten, um unsterblich zu werden. Fast hat es den Anschein, als würde nur die stete Abwesenheit all jener Dinge, die Menschen sich gemeinhin wünschen – eine stabile Berufslage, ein glückliches Privatleben, Gesundheit, Zufriedenheit und das Erreichen eines möglichst hohen Alters – eine Voraussetzung dafür sein, zum Idol zu werden. Die Harmonie im Alltag, das kleine Glück, die spießige Gartenzwergidylle mit trautem Heim, bescheidenem Vergnügen, harmlosen Abenteuern und einer gesicherten Rente – so was kann Gift sein für den Ruhm, und wer so lebt, den kann man zwar beneiden, doch keinesfalls bewundern.

Das Leben der unvergleichlichen Romy Schneider wurde ausgeschlachtet bis zuletzt; fast jedes Jahr erscheint ein neues Buch, eine angeblich noch wahrhaftigere Biographie über den toten Star. Vieles wurde buchstäblich totgeschrieben, um den Mythos am Leben zu erhalten. Zwischen naiven Tagebuchnotizen und lasziven Nacktfotos, süßer Jungmädchenschwärmerei und verzweifelt hingekritzelten Hilferufen rutscht dieses überlebensgroße Bild in der Öffentlichkeit hin und her, wird mit der x-ten „Sisi"-Wiederholung beizeiten zuckrig übergossen, verschwimmt in Fußnoten und Klammerhinweisen großer Regisseure und kleinmütiger Ex-Liebhaber und bleibt dabei doch immer als das stehen, was es war: eine undurchschaubare Skizze, ein zigfach überarbeiteter und stets von neuem begonnener Lebensentwurf, der sehr viel offen läßt, der einfach abbricht wie ein neuerlicher Eintrag ins Tagebuch, zwischen Rotwein, Zigaretten, Tabletten und Tragödien, die letztlich auch so waren wie sie selbst: überlebensgroß, nicht mehr faßbar, jedes menschliche Maß übersteigend.

„Jeder möchte gelitten haben, aber keiner möchte leiden", lautet ein Satz von Marie von Ebner-Eschenbach. Und in der Tat ist der Schmerz oft ein guter Nährboden für ewigen Ruhm. Nicht die Glücklichen sind es, die endlich im Licht stehen wollen, sondern die anderen. Jene, die privat oft sehr im Schatten stehen. Laut Alfred Dorfer genügt ein seelischer Schaden, um Künstler zu werden. Dieser Schaden ist oft nichts anderes als unzureichend erfahrene Aufmerksamkeit und eine beharrlich ersehnte Zuneigung, die ausbleibt. Daß Ruhm und Erfolg jedoch nie die Liebe bringen, die gewünscht wird, liegt auf der Hand. Bewunderer, Verehrer und Fans interessieren sich in Wahrheit nur selten für den Menschen hinter ihrem Idol. Und wenn, dann nur aus halbherzigen Gründen. Gewiß ist es tröstlich, daß auch Superstars vom Schicksal nicht verschont werden; es macht sie menschlicher und uns Unbekannten ein wenig gleicher. Und vielleicht ist dies auch nur die gerechte Strafe für soviel leicht verdienten Luxus. Die tollen Autos, die prächtigen Villen, die schönen Kleider, der ganze Glanz und das viele Geld – da gehört auf die andere Seite der Waagschale schon ein bißchen Unglück; eine zerbrochene Liebe, ein totes Kind, eine schwere Krankheit. Oder wenigstens lebenslange Schwermütigkeit, Depressionen und ein bißchen Süchtigsein nach irgendwas.

Süchtig nach Idolen waren die Menschen immer. Daß sie es oft auch selbst sind, die ihre Idole damit kaputt machen, begreifen sie selten. Wer möchte schon ein Leben lang im Mittelpunkt stehen? Sich auf Schritt und Tritt verfolgen, befragen, fotografieren lassen? Es gibt vielleicht auch ein Zuviel an Aufmerksamkeit, das nicht mehr zu ertragen ist. Wer sich veröffentlichen will, läuft Gefahr, alles veröffentlichen zu müssen. Auch ein verquollenes, ungeschminktes Gesicht, zehn Kilo Übergewicht in ausgebeulten Jogginghosen, entstellende Tränen am Grab derer, die einem die Liebsten waren. Dort, wo von einem Star nichts anderes mehr übrigbleibt als ein ganz gewöhnlicher Mensch, dort endet oft auch der größte Mythos.

Marlene Dietrich hat uns vorgemacht, was man zu tun hat, wenn man, ohne jung zu sterben, ein Idol bleiben will: sich einsperren, sein allzu menschliches Altern verstecken, sich verbarrikadieren gegen die gnadenlose Welt da draußen, seine Sterblichkeit hartnäckig verleugnen. Daß der blaue Engel alt wird, das hätten die Verehrer nur schwer ertragen. Also besser früh zu einem echten Engel werden, denn nur die Toten altern nicht.

Die Liste der Idole, die für uns immer jung bleiben werden, ist lang und ebenso traurig. Marilyn Monroe wurde immerhin noch sechsunddreißig, Elvis Presley gar zweiundvierzig. Und Billie Holiday, die vielleicht größte Bluessängerin der Musikgeschichte, erreichte gar das für Mythen biblische Alter von vierundvierzig. Doch all die anderen, James Dean, Jimi Hendrix, Jean Harlow, Jim Morrison oder Janis Joplin, waren noch keine dreißig, als sie für immer abtraten, um unsterblich zu werden.

Falco, unser einziger heimischer Starexport von internationalem Ruhm, hat in seinem letzten Lied jene alles entscheidende Frage untergebracht, die den Idol-Faktor erklären kann. „Muß ich denn sterben, um zu leben?“ fragt der charismatische Barde, um wenig später durch einen Unfall als unsterblicher Falke in den Mythenhimmel aufzusteigen. Wer weiß, was ihm andernfalls geblüht hätte? Ihm, dessen Stimme im Interview oft so geheimnisvoll an das unvergleichliche Timbre eines Oskar Werner erinnerte. Dieser Oskar Werner war einer, dem der rechtzeitige Abgang letzten Endes nicht glücken wollte, der mit seiner verzweifelten Selbstzerstörung den eigenen Mythos Stück um Stück demontierte, bis schließlich nichts mehr von ihm übrig war als der nackte Mensch hinter der Maske: ein alter Mann von erst 62 Jahren war das, frühzeitig verwelkt von zuviel Alkohol und noch mehr Genie, verwirrt, verbittert, angeödet von Ruhm und falschem Glanz. Als er in Marburg an der Lahn starb, spät im Oktober des Jahres 1984, war die Erinnerung an den melancholischen Wiener mit dem fast engelsgleichen, wunderschön geschnittenen Träumergesicht, den kühn geschwungenen Nasenflügeln, den betörend langen Wimpern und der delikaten, fast divenhaften Anmut in den Herzen seiner Fans schon beinahe verblaßt.

Was wirklich bleibt von einem solchen Menschen, ist seine Stimme. Im Fall Oskar Werners war dies fast schon gespenstisch. Wer sich ein Interview von ihm anhört, das in seinen letzten Lebensjahren aufgenommen wurde, erschrickt nahezu. Denn unter der von Whisky und Tabak belegten Stimme eines verstörten und zornigen Ex-Genies schwang immer noch dieser ganz eigene Klang von früher mit; diese einmalige Stimme mit dem süßen Schmelz, diese Stimme, die sich manchmal anhören konnte wie Gesang und dann wieder metallisch hart wurde, voll unterschwelliger Arroganz, mit einer Prise Verachtung, einem Schuß Wehmut, einem Nachhall Zärtlichkeit und immer durchsetzt von leiser Poesie.

Es sind die Stimmen, die wahrhaft unsterblich sind. Das rauchige Flüstern der Monroe, die samtige Erotik des King, das fast kindliche Zwitschern der Schneider. In der

Stimme, und vielleicht nur dort, begegnen sie einander: der Star und der Mensch. Man muß nur genau hinhören.

Die Idole von heute gibt es nicht mehr. Mythos ist etwas Gestriges geworden. Es war ein langer Weg von Marilyn zu Madonna. Und Idole, die Vorbilder sind, brauchen wir längst nicht mehr. Jetzt zeigen sich die Hollywoodstars schon mal ungeschminkt den Kameras, signalisieren mit allen Mitteln, daß sie auch nur normale Menschen sind. Sie möchten greifbar sein, vielleicht auch wahrgenommen werden als Menschen. Und zwar jetzt, nicht erst im Tod. Und die Besitzer wahrhaft unsterblicher Stimmen, die sind tatsächlich schon gestorben. Alles, was jetzt noch kommt und ein Idol werden will, hat es zurecht sehr, sehr schwer.

Juni

Sommerzeit – Gartenzeit

Ein chinesisches Sprichwort lautet: „Willst du eine Stunde glücklich sein, so betrinke dich. Willst du ein Jahr glücklich sein, so heirate. Und willst du dein Leben lang glücklich sein, so werde Gärtner.“ – Gewiß, nicht jeder kann mit dieser fernöstlichen Weisheit etwas anfangen. Gärtnern, das ist nun mal nicht jedermanns Sache. Ein Garten bedeutet Arbeit. Arbeit, die nicht sein muß – zum Leben genügt ein Dach überm Kopf, also eine Wohnung. Wer die Natur sehen will, soll aufs Land fahren, soll in den Wald gehen, soll die Almen und Berge bewandern. Sicher, da ist was Wahres dran.

Dennoch, zwischen einem Ausflug ins Grüne und einem eigenen Garten besteht ein großer Unterschied. Wer die Natur „besucht“, bleibt in ihr auch immer nur Gast. Für manche Menschen ist dies auch ausreichend. Oft sind das auch Menschen, die ein anderes Heimatverständnis haben. Sie sind nicht sehr ortsgebunden, ob sie nun hier leben, oder dort, oder ganz woanders, spielt keine sehr große Rolle. Fast könnte man sie Weltbürger nennen, denn ihnen ist die ganze Welt Heimat genug. Aber, so sagt zumindest ein anderes Sprichwort, „Wer sich überall zuhause fühlt, ist nirgendwo daheim.“

Einen eigenen Garten zu haben, bedeutet mehr als das bloße menschliche Bedürfnis nach Naturverbundenheit.

Mit diesem kleinen Flecken Land da draußen vor dem Haus gehört einem gleichzeitig auch ein Stück Natur, und zwar ganz. Der Garten ist jener Teil der Landschaft, den man sich selbst vertraut gemacht hat. Was dort wächst und blüht, tut es nicht nur aus Selbstverständnis, sondern unseretwegen. Es sind nicht irgendwelche Rosen oder Margeriten dort am Zaun, sondern es sind unsere. Und die Wiese bis dorthin wird nicht von x-beliebigen Besuchern beschritten, sondern ist ein kleiner Teil vom sehr privaten Paradies. Ein kleiner Zipfel vom großen Garten Eden vielleicht, der uns ganz allein gehört.

Garten, das ist immer auch Hoffnung, ist Optimismus, ist pure, lebenslustige Zuversicht. Wer heute etwas pflanzt, möchte das auch morgen wachsen und übermorgen blühen sehen. Beim Gärtnern an den Tod zu denken, ist müßig und sinnlos.

Dennoch gibt es auch eine unmittelbare Verbindung zwischen einem Garten und dem Tod: den Friedhof. Jedes gepflegte Grab, und sei es noch so klein, stellt dort einen Garten in Miniaturformat dar. Dahinter verbirgt sich mitunter auch eine sehr lebendige Beziehung zwischen den Lebenden und den Toten. Auch wenn ein Mensch nicht mehr da ist, auf dem Friedhof hat er noch ein bißchen ein Zuhause; einen Strauß Schnittblumen in der Vase, ein Licht in der Laterne – das sind so die letzten Relikte unserer irdischen Wohnungen. So sind die Toten vielleicht auch immer noch ein bißchen daheim auf der Welt, zumindest solange es Hinterbliebene gibt, die sich um ihre Ruhestätten kümmern. Über ihren vergänglichen

Überresten geht das Leben weiter, nimmt die Natur ihren Lauf, wechseln die Jahreszeiten einander ab wie eine regelmäßig gefädelte Kette; Frühling, Sommer, Herbst und Winter. Zu sehen, wie manche Menschen, die im Dasein zurückgeblieben sind, während ihre Liebsten ihnen vorausgingen, die winzigen Gärten auf dem Friedhof bepflanzen, bestellen und schmücken, kann sehr anrührend sein. Jetzt im Sommer blüht es überschwenglich auf den Gräbern. Im Herbst werden dort Kränze liegen, werden nasse Chrysanthemen mit ihren Köpfen schaukeln und einander über das Lichtermeer der Gedenktage zunicken, wissend, daß alles vergeht und daß dennoch immer auch etwas bleibt. Im Winter beschert man auch den Toten ihr kleines bißchen Weihnachten; stellt ein Bäumchen in den Schnee, läßt ein paar winzige Kugeln daran wippen, vielleicht ein paar Lamettafäden im Eiswind daran zittern, vielleicht auch tief gefrorenes Engelshaar. Und im Frühling zwängen sich dann wieder die Schneeglöckchen und Primeln durch Erde und letzten Frost, stehen mit Gewißheit da und blühen so selbstverständlich. Mitten auf dem Tod erzählen sie trotzig vom neuen Leben, das immer wiederkehrt, ob wir nun daran glauben mögen oder nicht. Vielleicht ein Grund mehr dafür, daß man die Friedhöfe auch gern die „Gärten Gottes" nennt.

Wer einen Garten hat und darin arbeitet, nimmt die Natur unweigerlich viel bewußter wahr – und versteht so vielleicht auch das Leben besser. Denn die Natur kann uns, die wir so brüchig sind, so zaghaft und so schnell enttäuscht, ein guter Lehrmeister sein. Dort gibt es keine Enttäuschung, keine Entmutigung, keine verbissene Sinnsuche. Selbstzweck und Überlebenstrieb bestimmen jede Existenz und zwar ausnahmslos. Eine Spinne, deren Netz vom Regen zerstört oder von Menschenhand zerrissen wird, beklagt ihr unseliges Geschick keinen Augenblick lang; sie baut ein neues Netz, das ist alles. Da ist kein Grashalm in der Wiese, da ist keine Ähre im Feld, die nach schwerem Wolkenbruch einfach plattgepeitscht liegen bleibt und befindet: mir wurde Unrecht getan, ich will nicht mehr! Am nächsten Sonnentag richten sie sich alle wieder auf, und wenn sie manchmal ein wenig zittern, dann ist das nur der Wind, nicht die Angst vor neuerlichem Niederschlag. Verstopft man dem Maulwurf seinen Gang, wirft er eben einen halben Meter daneben einen neuen Hügel auf. Mauert man der Maus ihre Löcher zu, gräbt sie eben woanders welche. Und schneidet man Blumen für die Vase ab, ist ihnen das noch lange kein Grund, uns die kommenden Knospen zu verweigern. Beleidigtsein, verbittern, aufgeben – so was kommt in der Natur nicht vor. Da wird immer wieder von vorn angefangen, Tag für Tag, weder Hitze noch Kälte, weder Feuchtigkeit noch Dürre hindern die Bewohner von Natur und Garten daran, einfach weiter zu machen. Auch wenn viele Menschen die Natur mißverstehen – den Rasen auf Millimeterhöhe zurückscheren, das Unkraut vergiften, die Schädlinge bekämpfen und jeden Löwenzahn, der just an der falschen Stelle wächst, voller Grimm ausstechen und fortwerfen – die Natur läßt sich nicht unterkriegen, versucht es immer wieder; dann ziehen die Läuse halt um, dann versuchen's die Schnecken halt auf der anderen Seite, dann zwängt sich das Unkraut eben durch die Betonritzen. Und der unerwünschte Löwenzahn, den man letzten Monat aus dem Parkrasen gestochen hat, ist auch schon wieder da. Ihm sind die menschlichen Gesetzte egal, er lebt sein Leben.

Der wachsame Gärtner kommt so auch nicht umhin, irgendwann die Gesetze des Lebens neu zu überdenken. Tod und Wiederkehr erfahren unter seiner Hand neue Dimensionen. Wir mögen nicht glauben, daß es auch uns selber eines Tages wieder geben könnte, halten es für unerklärlich und albern, auf etwas Unbekanntes zu hoffen. Daß es nach dem Tod vielleicht sogar noch schöner werden könnte als hier und jetzt, das halten wir für einen ausgemachten Blödsinn. – Und werden doch im Garten nur zu oft Zeugen einer solchen wundersamen Wandlung. Aus den häßlichen Raupen werden die schönsten Schmetterlinge, aus den verschrumpeltsten Knollen die schönsten Blütenstauden.

Das eine weiß auch noch nichts vom anderen, doch kümmert es sich nicht darum. Daß in der Erde ein holziger, verkrüppelter Stock vergraben ist und oben die Rosen blühen, das nehmen wir ungerührt zur Kenntnis. Und auch, daß die Bäume im Herbst ihr Laub und alles Leben abwerfen und im Frühling trotzdem jedes Jahr wieder voller Blüten und Blätter sind. Aber daß wir hier selber vielleicht nichts anderes sind als niedriges Gewürm oder hilflose Raupen, und die Welt vielleicht nichts anderes als ein Kokon, in dem wir auf das große Nachher warten müssen, erscheint uns unvorstellbar. In jedem Fall jedoch legen wir mit einem eigenen Garten auch eine kleine Spur von uns selbst aus. Denn manches von dem, was wir dort pflanzten, wird unseren Tod überdauern. Und wenn nur ein einziger Strauch übrigbleibt von uns, dann haben wir uns damit zugleich für immer in der Natur verwurzelt. Und bleiben ein bißchen da, auch wenn wir gehen müssen.

Juni

Die Lücke im Geländer – Nachruf auf eine Nachbarin

Die Nachbarin ist gestorben. Sie war nicht mehr jung, sie war krank. An ihrem Tod ist nichts Spektakuläres. Zur eigenen Familie hat sie nicht gehört, eine persönliche Verbindung hat es nicht gegeben. Nur beiläufige Begegnungen über die Jahre hinweg, kleine Gespräche, harmlose Nebensätze und ein paar floskelhafte Grußworte über den Zaun. Das war eigentlich alles.

Sicher, man hat sich lange gekannt, oft gesehen, manchmal hat man sich nur aus dem Augenwinkel heraus wahrgenommen. Oder man hat die vertraute Stimme von irgendwoher gehört, aus dem angrenzenden Garten, aus einer offenstehenden Kellertür, aus einem sommerlichen Fenster, vom Balkon. Sehr viel hat man sich letztlich umeinander nicht gekümmert. Das Bild, das man von diesem Menschen im Kopf hatte, war unscharf und vage, ein flüchtiger Entwurf. Für Details hat man sich nicht weiter interessiert.

Die Blumen hat sie gern gehabt. Der Garten war ihr fast das Wichtigste, wie es schien. Gejätet und gepflanzt und gedüngt hat sie fast an allen Tagen, an die man sich erinnern kann. Im Frühling war sie die erste mit den fertig umgestochenen Beeten, dem ersten eigenen Salat, den ersten jungen Setzlingen. Im Sommer hatte sie den Garten voller Farbe, und das Gemüse wucherte bei ihr so üppig wie anderswo das Unkraut.

Als man noch Kind war, da hat sie schon ein bißchen dazugehört zum Leben. Da war man selbst noch viel daheim. Und sie war eben auch so eine Oma aus unserer Straße, die mit den anderen Omas aus der Straße am Zaun ein bißchen getratscht hat und manchmal auch ein wenig geschimpft mit den unfolgsamen Kindern, und dann doch wieder ein paar belegte Brote vorbeigebracht hat, sehr bestimmt und selbstverständlich. Als könnte sich nie im Leben etwas daran ändern.

Nun hat sich doch fast alles geändert. Man ist selbst kein Kind mehr, man ist zu groß geworden für das Spielen im Garten, und man ist auch nicht mehr viel daheim. Und die Nachbarin lebt seit heute nicht mehr. Im Morgengrauen sei sie gestorben, heißt es. Zu einer Zeit, als man selber tief und fest geschlafen hat. Und vielleicht sogar sehr schön geträumt.

Ein paar kleine Fragen bahnen sich den Weg durch die Wirrnis alltäglicher Pflichten und Gedanken. Wie sie wohl gestorben ist? Ob sie allein war? Ob sie wußte, daß ihre Zeit nun zu Ende geht? Und woran mag sie zuletzt noch gedacht haben? An ihre Angehörigen daheim? Ob ihr die Nachbarn auch eingefallen sind? Oder die Blumen in ihrem Garten? Und ob sie noch an den kleinen Hund zu Hause gedacht hat, mit dem man sie frühmorgens so oft spazierengehen sah? Hat sie sich vielleicht noch gefragt, was jetzt aus ihrem Mann werden soll? Diesem so schnell so furchtbar alt gewordenen Mann, der schon lange nur mehr traurig und schwach in der Küche saß und die Stunden zählte? Die Stunden bis wann? Und man fragt sich auch, ob sie zuletzt noch Schmerzen hatte, ob ihr etwas weh getan hat, im allerletzten Augenblick. Tut Sterben weh? – Man weiß es nicht.

Ganz plötzlich kommt einem ein fremder Tod sehr nahe. Da ist es ganz egal, ob man sich zu Lebzeiten immer sehr sympathisch war oder ob man sich nicht so klaglos gut verstanden hat. Der Schrecken eines Todes ist keine Frage von Liebe, nicht einmal von Nähe. Der Schrecken eines Todes ist schon sehr real, wenn klar wird, daß jemand, der immer hinter dem Zaun stand und in dem Haus nebenan lebte, in Zukunft fehlen wird. Noch fühlt sich alles an wie eine große Ausnahme, nicht wie die Wirklichkeit.

Und ein bißchen denkt man auf einmal auch an den eigenen Tod. Wie wird das sein?, fragt man sich. Wird man selber einmal ganz alleine sein mit sich? In irgendeinem fremden Krankenzimmer, weit fort von daheim? Und wird man noch etwas davon mitbekommen, wenn die Herzkurve im kleinen Kästchen neben dem Bett langsam immer flacher wird, immer kleinere Zacken macht und irgendwann als schnurgerade Linie, von einem schrillen Ton begleitet, ausläuft? Und was wird einem dann selbst noch durch den Kopf gehen, in den stillen Sekunden vor der Ewigkeit? Werden unsere Gedanken dann ausgeschaltet mitsamt dem Lebenslicht, oder darf man sich ein paar mitnehmen auf die lange Reise? Wo bleiben wir eigentlich im Inneren, wenn wir äußerlich verschwinden? – Da wird uns kalt unter der Haut bei solchen Fragen, und seltsam klein fühlen wir uns im Angesicht der großen Ungewißheit. Seltsam klein und sehr, sehr unwichtig.

Jetzt sind die Dinge da, die immer endlos weit weg schienen. Die halbherzig hingesagten Sätze über eine ferne Zukunft haben Gestalt angenommen. Dieses: Wer wird als nächster sterben in unserer Straße? Wie wird die Familie einmal zurechtkommen, wenn sie nicht mehr da ist? Ob sie noch einmal gesund wird? – Jetzt sind die Fragen alle überflüssig. Jetzt wird es stiller werden im Haus nebenan, und im Garten wird es vielleicht überhaupt nie mehr wieder so schön blühen.

Vielleicht werden ein paar Spuren bleiben von der toten Nachbarin. Vielleicht werden ein paar von den Sträuchern, die sie gepflanzt hat, noch viele Sommer blühen. Vielleicht hat irgendeine Nachbarin noch ein paar Stauden im Beet, die von ihren Setzlingen stammen. Vielleicht hat sie ein paar Kochrezepte weitergegeben, ein paar Haushaltstips. Man weiß nicht so genau, was übrigbleiben wird vom unspektakulären Leben einer Nachbarin zwischen Haus und Garten. Übrigbleibt mit Sicherheit eine kleiner gewordene Familie. Und ein alter Mann, der sich nun ganz verlassen vorkommt nach fünfzig gemeinsamen Jahren.

Das Wissen um dieses alltägliche Schicksal in der Nachbarschaft macht still. Heute spürt man vieles besonders deutlich. Daß noch keiner am Tisch fehlt. Daß man noch eine Oma hat. Und irgendwie möchte man heute gern ein bißchen enger zusammenrücken, ein bißchen länger bleiben, ein bißchen dankbarer sein.

Und man ahnt schon, die Nachbarin hat doch auch irgendwie zum eigenen Leben gehört. Ganz am Rand vielleicht nur. Aber oft ist es gerade der Rand von etwas, der einem Halt gibt, Gewohnheit, Geborgenheit, Sicherheit, vielleicht Heimat. Ein unsichtbares Geländer, dessen Wichtigkeit man nur bemerkt, wenn da eine Lücke entsteht. Der Tod der Nachbarin kann eine solche Lücke sein. Das Bild von Straße, Haus oder Garten mit ihr darin hat man kaum je zur Kenntnis genommen. Nun, wo ein beiläufiger Tod es ausradiert hat, bleibt eine blasse Stelle zurück. Ein blinder Fleck Erinnerung.

Juli

Kitsch – die letzte Privatsache der Welt

Wir leben in einer Zeit, die sehr öffentlich geworden ist und scheinbar sehr liberal. Alles ist erlaubt, alles darf gebeichtet und gestanden werden, schockierend scheint kaum noch etwas zu sein. Und dennoch gibt es einen, wenngleich harmlosen, Bereich innerhalb der Gesellschaft und des täglichen Lebens, der mit einem sonderbaren Tabu behaftet ist: Kitsch.

Kitsch gilt gemeinhin als Inbegriff des schlechten Geschmacks, auch wenn jeder einzelne damit sehr verschiedene Vorstellungen verbindet. Der eine versteht darunter womöglich die klassische Miniaturmadonna, die im Dunkeln leuchtet oder auch mit Badeschaum gefüllt ist, der andere die Fototapete mit Sonnenuntergang und Palmenstrand. Für viele hört sich schon ein Liebeslied oder ein alter Schlager unsagbar kitschig an, ebenso ein schwärmerisches Liebesgedicht aus alter Zeit. Kitsch hat heute viele Gesichter. Ob Blumenmuster oder Rüschenkleid, Himmelbett oder Heiligenbild, Porzellanfigur oder Plüschtier – es kann bald etwas als kitschig empfunden werden. Denn der kunstverständige, kultivierte Bildungsbürger von heute ist empfindlich geworden. Er reagiert beinahe allergisch auf alles verspielt Anmutende, auf Dekorhaftes und Überladenes, Geschmücktes und Verziertes. Purismus heißt der neue Trend. Neue Schlichtheit, neue Sachlichkeit, klare Linien, strenge Formen, dezente Unfarben, Minimalismus, Nüchternheit und gnadenloses Understatement lauten die Devisen und Schlagworte, die uns der Zeitgeist diktiert. Jener Zeitgeist, der mittlerweile bereits allem Schönen und sogar allem Gegenständlichen sehr skeptisch gegenübertritt. Gemälde mit eindeutig erkennbaren Motiven sind fast schon ebenso passé wie Musik mit harmonischen Melodien. Kunst versus Kitsch ist eine alltägliche Debatte geworden. Und wenn gelegentlich ein verrückter Designer seine Models in barocken Stoffkaskaden oder schrill mit Engeln und Heiligen bedruckten T-Shirts über den Laufsteg schickt, dann tut er dies in erster Linie, um zu provozieren. Oder um sich über den Geschmack der Modeunkundigen ein wenig lustig zu machen. Ernstgenommen wird Kitsch schon lange nicht mehr. Seine einzige Berechtigung hat er heute noch im Zerrspiegel von Satire und Ironie, Zynismus, Ulk und Aberwitz. Wer Kitsch allen Ernstes manchmal schön findet, ohne geistig umnachtet zu sein, sollte das für sich behalten, will er nicht als völliger Geschmackstrottel dastehen.

Es gibt eine Art von Kitsch, die gut tut, behaupte ich. Und fürchte mich nicht vor den strengen Puristen in ihren schnörkellosen Wohnzimmern zwischen Chrom und Acryl, Leder und Halogen. Sollen sie ruhig weiter in ihren strengen Kammern der Nüchternheit frönen und stilsicher auf ihren Bauhaus-Freischwingern sitzen bleiben – ich mag Kitsch. Mir ist so manches Zuviel herzlich willkommen, ich bekenne mich durchaus zur Verspieltheit.

Vielleicht ist Kitsch Spiegel einer menschlichen Ursehnsucht. Der Sehnsucht nach Schönheit in ihrer vordergründigsten Form, auch der Sehnsucht nach Romantik, Behaglichkeit, Geborgenheit und Gefühl. Einem Gefühl, zu dem sich heute ohnehin die wenigsten gern bekennen. In Roberto Begninis oscargekrönter Kinofabel „Das Leben ist schön" fällt dazu ein wunderbarer Satz: „Nichts ist so notwendig wie das Überflüssige." Und das ist Kitsch fast immer: überflüssig. Und damit beizeiten notwendig.

Kitsch ist oft lächerlich, blödsinnig oder sinnlos, immer aber auch kindlich. Daß Kindliches ab und an kindisch wird, versteht sich von selbst. Aber eine der Wurzeln von Kitsch scheint darin zu liegen, daß er das Kind in uns berührt. Ein Kind käme nie auf die Idee, etwas als kitschig abzuurteilen. Ich erinnere mich an mein eigenes Kindsein; damals hatte ich an allem, was ich heute ins Reich bizarrer Geschmacksverirrungen verbannen würde, meine helle Freude. Liebte all die gewagten Geschenke von Schulfreunden und Verwandten: Kugelschreiber, in deren Innerem Seilbahnen auf- und abfuhren, grünspanig leuchtende Muschelmadonnen, perlenverbrämte Plastikvasen, Kunststoffblumen, Urlaubssouvenirs der zweifelhaftesten Art und Gratisgeschenke dubioser Versandhäuser. Ich liebte alles, die Kleinstfigürchen der Setzkästen, die Heiligenbilder, die Gipsengel. Später war nicht mehr auszumachen, woher der ganze Plunder wirklich stammte. Es wollte keiner gewesen sein, der diese Abscheulichkeiten einst heimtrug. Kitsch heranzuschleppen wurde mit der Zeit zu einem kleinen Verbrechen.

Vielleicht ist es unser Intellekt, der uns mittlerweile verbietet, einen kindlichen Geschmack zu haben. Früher, so sagt man, waren die Menschen halt lange nicht so gescheit wie heute, auch gab es nicht viel, man war arm, kannte nicht viel – da hat einem bald etwas gefallen. Der Alltag von früher war vielerorts geprägt von Entsagung, Verzicht, war schmucklos und karg – da war noch jede Auflockerung willkommen, da war alles Plakative und das augenscheinlich Schöne noch wirklich schön. Heute wissen wir, das hat es alles nie gegeben. Die Engel mit den dicken Backen, die Heiligen, Jesus, Blumen, die nie verblühen, Spieluhren, die immer Musik machen – wir sind uns nicht mehr sicher, ob derlei noch Berechtigung hat. Weil wir so verdammt gescheit geworden sind. Cool anstatt gefühlvoll, skeptisch anstatt naiv. Und vielleicht sogar zu gescheit für vieles.

Heute stehen scheinbar nur mehr Proleten und Einfaltspinsel auf Kitsch. In Elizabeth T. Spiras Alltags- und Einsamkeitsdokumentationen filmt die Kamera genüßlich über den Ramsch hinweg, bleibt an knopfäugigen Plüschtieren hängen, an verstaubten Neujahrsglücksbringern, Wandtellern mit Nachbildungen deutscher Weingegenden, gestickten Bildern, gehäkelten Blumen, gefälschten Urlaubssouvenirs und Plastikrosen. „So sind sie halt, die Vereinsamten, die Ungebildeten, die Vorbestraften, die Hilfsarbeiter, die Hausfrauen ohne abgeschlossene Schulausbildung“, könnte im Insert stehen. Der Mensch mit feinem Geschmack und Kunstverstand blickt elitär auf das „Gesindel" herab. Einfache Menschen mit einem einfachen Geschmack, der sich im Gegenteil jeglicher Einfachheit äußert, sind heute Menschen zweiter Klasse. Ihre Wohnungen sind nicht öffentlichkeitstauglich, ihr argloser Griff zu Tand und Talmi stellt ihnen ein schlechtes Zeugnis aus. So was gefällt dem Pöbel und sonst keinem.

Vielleicht ist Kitsch die letzte Privatsache der Welt. Die geheime Liebe jedes einzelnen, die nur ausgelebt werden darf, wenn keiner zusieht. Das, was uns vielleicht gefällt, wenn wir ganz allein sind. In der Öffentlichkeit darf man nicht alles schön finden, nicht einmal das, was vielleicht wirklich schön ist. Dafür gibt es zum Glück noch immer keinen Maßstab.

Ich besitze weder Setzkasten noch Fototapete, weder Zimmerbrunnen noch Häkelblumensträuße und ich trinke meinen Kaffee weder aus Juxbechern noch aus Sisi-Tassen. Trotzdem mag ich Kitsch. Nicht diesen oder jenen, sondern meinen. Und das ist Gott sei Dank Privatsache. – Niemand muß Kitsch schön finden. Aber dürfen sollte es doch irgendwie jeder, ohne dabei sofort als ungebildeter Trottel dazustehen. Auch wenn es deswegen manche ultramodernen Puristen aus ihren sachlich verchromten Freischwingern haut. Plüschige Ohrensessel mit Rosenmuster kippen jedenfalls nicht so leicht um. Und bequemer sind sie auch.

Juli

Was ist Heimat?

„Heimat ist kein Ort, Heimat ist ein Gefühl“, heißt ein Lied von Herbert Grönemeyer. Und an diesem Satz ist was Wahres dran. Gerade jetzt, wo der Sommer mit Ferien und Urlaub winkt, wo jeder raus will, wegfährt, abfliegt, in den Zug ein- und damit aus dem Alltag aussteigt, ist es nicht schlecht, einmal über das ganz Nahe und Unmittelbare nachzudenken. Zwischen all dem Fernweh und den Fluchtversuchen der anderen bleibt eine winzige Nische frei. Gerade groß genug für eine kleine Frage: Was ist Heimat?

Heimat ist bestimmt für jeden etwas anderes. Viele verbinden damit wohl in erster Linie einen Ort; das ist plausibel und einfach, es ist etwas, das sich in der Realität fest verankern läßt. Hier ist das Land, und dort ist die Grenze. Das ist meine Stadt, ist mein Dorf, ist meine Gemeinde, die anderen Stätten und Gegenden sind fremd. Es gibt den Staatsbürgerschaftsnachweis, den Personalausweis, den Paß. Es ist alles eingetragen, festgehalten, überprüfbar und verbucht. Aber Heimat ist eben noch viel mehr als das, es ist tatsächlich auch ein Gefühl, nicht selten eine ganze, bunte Ansammlung davon. Und generell ist wohl eines immer Heimat: nämlich das Vertraute.

Wir fühlen uns zuhause in so vielem, was weder Ort ist noch sichtbare Grenzen hat. Wir sind daheim in unserer

Sprache. Jedes fremde Wort, jeder Satz, den wir nicht verstehen, löst ein Gefühl der Entfernung in uns aus. Aus diesem Grund empfinden wir oft auch Fremde, und damit häufig Ausländer, als Bedrohung. Sie gefährden scheinbar das, was uns Nähe symbolisiert. Woran wir selten denken, ist, daß es den anderen wohl genauso ergeht. Denn irgendwo ist schließlich jeder daheim. Und gewiß kostet es Überwindung, sein Land zu verlassen, vielleicht sogar für immer. Das ist nie eine leichtfertige Entscheidung, deshalb ist es gefährlich, leichtfertig über jene zu urteilen, die ihr Land verlassen haben, um etwa bei uns eine neue Heimat zu finden. Oft wird die Frage laut, warum diese Menschen nicht auf ihrem eigenen Grund und Boden von vorne anfangen. Aber Grund und Boden sind eben oft das einzige, was ihnen geblieben ist nach Krieg, Verfolgung und Verwüstung. Für Heimat ist das ein bißchen zu wenig. Wo kein Haus mehr steht, wo kein geliebter Mensch mehr am Leben geblieben ist, da ist oft nicht viel anderes mehr übrig als nackte Erinnerung. Und die Erinnerung an so viel Schönes und Gutes, das für immer verloren ist, kann schmerzlich sein. So schmerzlich, daß man vielleicht gar nicht mehr daran erinnert werden möchte. Und dies gelingt in der Fremde, an einem neuen, neutralen Ort vielleicht besser. Auch wenn's dafür keine Garantie gibt.

Schön und deshalb auch heimatlich sind Erinnerungen, die eine Spur auslegen im eigenen Leben, die einen Gang durch Erlebtes und Vertrautes möglich machen, auch wenn nicht mehr alles so ist, wie es mal war. Da gleicht Heimat dann einem Strauch, so wie er in jedem Garten steht: die Wurzeln sind immer dieselben, nur oben, in den Zweigen, ändert sich im Laufe der Jahre was – ein paar alte Triebe sind noch unverrückbar da, ein paar noch ältere sind verholzt oder schon weg, dafür kommen manchmal einige neue dazu. Erinnerung wirkt wie ein Dünger, nährt den Strauch, hilft dabei, daß nichts in Vergessenheit gerät.

Heimat besteht, ähnlich wie Glück, zuallererst aus den ganz kleinen Dingen. Vertraute Stimmen, bekannte Schritte. Immer gleiche Bilder. Der Wechsel der Jahreszeiten. Alltägliche Gewohnheiten und Rituale. Wer von daheim spricht, wird nicht selten wieder zum Kind. Da sind die Gerüche und Düfte aus der Kindheit, die ersten Farben, die man wahrnahm, die frühen Speisen und Getränke, die alten, einfachen Spiele. Was in dieser ersten Heimat entstanden ist, bleibt oft fürs ganze Leben ein treuer Begleiter. Auszählreime, Kindergedichte und erste Gebete merkt man sich bis ins Grab hinein. Bis zuletzt weiß man, wie die liebe Tante, der strenge Onkel, das Obst im Keller gerochen haben. Und nie vergisst man die alte Furcht vor der Dunkelheit am Heimweg oder vorm verrückten Herumstreicher oder vorm bissigen Nachbarshund. Und was verwunderlich scheint: Vor dem inneren Auge bleiben diese alten Bilder stehen. Oft wird jemand alt inmitten von Veränderungen: Das kleine, brüchige Haus wird abgerissen und nagelneu aufgebaut, geräumig und modern. Der wilde Garten wird gezähmt, die Sense durch den Rasenmäher ersetzt, das Blumenbeet neu bepflanzt. Doch wem das Alte so vertraut war, der sieht es auch durch das Neue hindurch noch klar und deutlich: sieht zwischen den gepflegten Rosenrabatten noch den alten, bunten Bauerngarten. Und wo jetzt ertragorientiert zurechtgestutzte Obstbäumchen in Reih' und Glied stehen, träumt man vielleicht noch vom wunderbaren Schatten der alten Kastanien, der gefällten Eichen, wenigstens aber von dem der schiefen Mostbirnbäume. Einen Schatten, der sich so schwarz und schwer wie kostbare Spitze über die Wiese legt, werfen die Obstplantagen von heute eben nicht mehr. Und auch vieles andere, das mittlerweile begradigt, planiert oder renoviert wurde, hat damit einen Hauch Heimatlichkeit verloren. Hinterm windschiefen Lattenzaun hat man gespielt – und schön war's. Schöner vielleicht, als das neue, rostfrei verzinkte Gitter. Die Wiese war kein Parkrasen, dafür vielleicht ein geliehenes Stück vom Paradies. Weit mußte man nicht gehen, um zu wissen: jetzt ist Frühling. Es blühten ja die Primeln. Daß endlich Sommer war, das nickten uns die Margeriten zu. Und im Herbst war die Wiese ein bunter Blätterteppich und damit ein Spielzimmer unter freiem Himmel.

Schade ist, daß es so vieles nicht mehr gibt. Daß keine Kaninchen mehr durch den Garten hoppeln, keine Hühner mehr ums Haus scharren, keine wurmigen, dafür ungiftigen Früchte mehr ins warme Gras plumpsen. Heimat ist nun mal ein Bild, das eng mit Natur zusammenhängt, das Freiheit, Verwilderung und ein buntes, liebenswertes Durcheinander darstellt. Alte Möbel, Dinge mit Geschichte, Menschen mit einem eigenen, vom Leben gezeichneten Gesicht – das alles ist nicht ersetzbar durch kühle Designerwohnungen, gestyltes Ambiente und durchgeplante Modegärten.

Beschaulich und klein sind unsere privaten Vermächtnisse. Viel unnützes Zeug haben wir gesammelt, viel Ramsch aufbewahrt. Obwohl wir jeden Platz, der vollgestopft ist mit wertloser Vergangenheit, für Wichtigeres bitter nötig hätten. Aber vielleicht wollen wir uns mit diesen gehüteten Schätzen der Erinnerung selbst beweisen, daß es uns wirklich gibt, daß wir einmal wirklich da waren und wichtig und geliebt.

Dehnbar ist der Begriff von Heimat. Kommt darauf an, wo wir gerade sind. Erst ist es das eigene Bett, später das eigene Haus, irgendwann das eigene Land. Auf Reisen ist es unser Kontinent, und manchmal ist es sogar die ganze Welt. Zum Schluß wird es wieder sein wie am Anfang. Ein Bett, in dem wir liegen, daneben ein Stuhl, auf dem einer sitzt, der uns dann noch besucht. Vielleicht der allerletzte Trieb an unserem Lebensstrauch. Nicht weiter schlimm, wenn uns dann auch nichts anderes mehr einfällt als so ein altes Kindergebet. „Jesukindlein, komm zu mir …“ oder „Lieber Gott, hilf!“. Die Botschaft ist doch immer dieselbe. Und das Ziel auch: endlich eine Heimat haben, aus der man nie mehr vertrieben wird, die einem nie abhanden kommen oder zerstört werden kann. Der Ort ist dann egal, es ist auf jeden Fall ein schönes Gefühl.

August

Auch das ist Sommer

Auf der Heimfahrt von einem Grillfest. Es ist spät geworden, das Auto fährt durch tiefe Nacht. Man hat noch ein wenig von der Ausgelassenheit im Kopf und im Körper, den Nachhall von Gelächter und Musik. Es war ein schöner Abend, es waren gute Stunden. „Das ist Sommer!“ hat man sich zwischendurch ein paar Mal gedacht, und dabei ein bißchen den Grillen im angrenzenden Wald zugehört, verträumt auf die flackernden Gartenfackeln geschaut, im Vorbeigehen kurz und beiläufig die üppigen Blüten des Oleanders gestreichelt. Für kurze Zeit war die Welt einfach verdächtig in Ordnung. Und dann – man ist im Auto schon fast eingeschlafen, der Kopf ist einem schwer geworden von diesem letzten Glas zuviel, das man dann doch noch getrunken hat – erfassen die Lichtkegel der Scheinwerfer ein kauerndes Etwas, das da plötzlich mitten in der Nacht auf der leeren Straße auftaucht. Eine überfahrene Katze. Es muß erst vor ganz kurzer Zeit geschehen sein, es sieht alles noch so frisch aus. Für Sekundenbruchteile muß man den Wagen anhalten, es ist ein so plötzliches Hindernis mitten auf der Fahrbahn. Dann versucht man, das tote Tier genau zwischen die Räder zu bekommen. Auch wenn es nicht mehr lebt, man will es kein zweites Mal überfahren. Man weiß instinktiv, hier kommt jede

Hilfe längst zu spät. Und ist in ein paar Minuten schon daheim.

Dennoch, dieses letzte Bild hat man mitgenommen, ob man wollte oder nicht. Den schönen, schwarz-weißgefleckten Pelz, den buschigen Schweif, die kleine Pfütze Blut neben dem Katzenkopf. Für einen Augenblick lang sah es aus, als würde sie bloß schlafen. Der Tod zwingt beizeiten ein Bild erschreckenden Friedens in unsere laute, tobende Welt. Wie ein schlafendes Kind lag die Katze auf der Seite. Es war eine wunderschöne, große Katze. Gut genährt und sichtbar gepflegt. Sie muß ihren Besitzern viel bedeutet haben. Morgen, gleich nach dem Aufstehen, werden diese Besitzer sich fragen, wo ihr Liebling nur so lange bleibt. Vielleicht werden da auch Kinder sein, die ihren vierbeinigen Spielgefährten laut beim Namen rufen, in alle Richtungen, wieder und wieder. Aber die Katze wird nicht mehr heimkommen. Und irgendwann wird sie jemand finden. Zusammengerollt und blutig ihren Besitzern vor die Haustür legen. Oder einfach über den nächsten Zaun schmeißen. Ein überfahrenes Tier ist für die meisten keine große Sache. Und Katzen gibt es überhaupt mehr als genug.

Möglicherweise macht sich der Mensch, der so ein Tier überfahren hat, keine weiteren Gedanken mehr. Vielleicht würde er gar nicht verstehen, was der Verlust einer Katze für jene bedeutet, die sie liebten, bei denen sie auf dem Schoß saß oder im Bett lag, die sie beim Heimkommen freudig begrüßte, denen sie den Alltag schnurrend und pelzig verzauberte. Die ungestraften Mörder eines

Haustieres sind selten böse Menschen. Sie denken vielleicht nur sehr wenig nach. Und können sich den Schmerz der Besitzer wohl nicht vorstellen, die fortan auf leere Näpfe starren müssen, auf haarige Dellen in Decken, auf über die Jahre festgetretene, kleine Wege im Garten, auf den Futtervorrat in der Speisekammer. Vielleicht hatten es die Lenker dieser Wägen tatsächlich sehr, sehr eilig. Vielleicht aber auch nicht. Diese Unfälle, die für die Öffentlichkeit nicht einmal echte Unfälle sind, haben gemeinhin keine Bedeutung.

Wie viele staubige, hitzeflimmernde Landstraßen sind im Hochsommer mit bedeutungslosen, tierischen Leichen übersät! Plattgewalzte Igel, flachgebügelte Frösche und Kröten, zerquetschte Vögel, zerrissene Hasen, Katzen und Hunde ohne Zahl. Ihre toten Körper vertrocknen unbeweint in der Mittagssonne. Nachts rasen die Menschen heimwärts von Sommer-, Zelt- und Grillfesten, von Schaumparties und Baywatchdiscos. Oft sind ihre Köpfe schwer vom Alkohol, oft steht ihnen der Brechreiz schon bis zum Hals, oft zittert schon ein lästiges, aber hübsches Mädchen auf dem Beifahrersitz. Da darf man keine Zeit verlieren. Den Fuß aufs Gaspedal, und los geht's. Was unter die Räder kommt, hat selber Schuld.

Wir kennen das Getier, das just im falschen Moment die Straße überqueren will, nicht. Die Igel und Frösche haben für uns kein Gesicht. Wären wir alle noch Kinder, vielleicht Kinder von damals, so wie es sie heute kaum mehr gibt, wir sähen das Ganze womöglich ein bißchen anders. Wir würden überlegen, ob nicht doch in so manchem Frosch ein Prinz versteckt sein könnte. Und wir würden uns das Leben der Kröten und Igel und Hasen so vorstellen, wie wir es aus den steifseitigen, alten Bilderbüchern kennen. In diesen Büchern hatten die Tiere aus Feld und Wald sogar einen Beruf, waren Morchelkneipenwirte oder Nektarbarbesitzer, trugen Latzhosen und Kopftücher, tranken aus winzigen Eimerchen und Krügen und feierten ihre ganz eigenen Sommerfeste mit ihren ganz eigenen Musikanten; den geigespielenden Grillen und Heimchen, den flötespielenden Käfern, dem Ameisenchor und dem Zikadenorchester. In dieser wunderbaren, erdachten Welt hatten auch die unscheinbarsten Tiere ein Gesicht und eine Persönlichkeit. Ihr Leben war von Bedeutung. Zumindest für die Kinder von damals.

Viel unerwünschtes Getier fällt dem Sommer zum Opfer. In den Gärten krepieren die lästigen, roten Schnecken mitsamt ihrer verhaßten Brut; werden totgesalzen, totgesotten oder einem langen Sterben überlassen. Sie fressen Blumen und Salat und wissen es nicht besser. Die Hausfrauen, die ihnen den Garaus machen, auch nicht.

Millionen von Fliegen werden erschlagen, Minute für Minute. Der Kabarettist Josef Hader hat diesen Umstand einst sehr klug auf den Punkt gebracht, indem er sinngemäß sagte, an der Tatsache, daß im Sommer unzählige Fliegen erschlagen würden, jedoch nur ganz wenige Schmetterlinge, könne man erkennen, wie wichtig das richtige Outfit sein kann. Auch das Outfit der Wespen und Hornissen, die langsam und qualvoll in den Mischungsgläsern der Buschenschenken ertränkt oder ausgeräuchert werden, kann demnach nicht stimmen. Und die Tiere, die auf der Fahrt in den sonnigen Süden noch rasch an einer Raststätte ausgesetzt oder in die nächste Mülltonne geschmissen werden, können vermutlich auch wenig dafür, daß sich ihr Outfit im Lauf der Zeit verändert hat. Vom kleinen Fellbündel unterm Weihnachtsbaum zum anstrengenden, liebesbedürftigen Hausgenossen – da bleibt oft nur noch die Entsorgung auf fremdem Gelände. Damit der sorglose Urlaub beginnen kann.

Nicht nur den Tieren, auch so manchen Menschen fällt inmitten eines schönen Sommers so manches ein bißchen schwerer. Elegant verhärmte Ehefrauen verlieren den Blick ihrer Ehemänner an langbeinige Sechzehnjährige im Supermini. Und verhüllen verbittert den eigenen welkenden Körper unter zusätzlichen Stoffbahnen. Auf Sommerfesten tanzen junge Paare eng und weinselig zu schmerzhaften Schnulzen und betrügen sich später vielleicht schon gedankenlos hinter einer Hendlbude. Und so manche Tochter, so mancher Sohn kehrt erst gar nicht mehr heim vom ersten Besäufnis im dampfenden Festzelt oder vom ersten Urlaub am See. Und wenn, dann in einem Sarg. Und dann und wann stürzt auch das sicherste Flugzeug einfach ab. Zerschellt mitsamt der Schönen und Reichen ungehört an einem Felsen oder sinkt explodierend auf den Meeresgrund. Der Sommer kann manchmal ganz schön unbarmherzig sein. Weil er vielleicht so unfaßbar schön ist, mit seinen tausend Farben, den Blumen, den saftigen Wiesen und Feldern, der goldenen

Sonne und dem unendlichen Himmelsblau. Wenn der Himmel so blau ist, ist jeder Schicksalsschlag scheinbar unmöglich – und tut deshalb vielleicht noch ein bißchen mehr weh als sonst. Der Sommer läßt uns vergessen, daß der Tod auch mitten im August kommen kann, daß jeder Schmerz, jede vergossene Träne – ob über eine totgefahrene Katze oder über einen verunglückten Sohn – bei Schönwetter sogar noch ein bißchen schwerer zu ertragen ist. Aber vielleicht ist gerade der strahlende Sonnenschein schuld daran – je mehr Sonne, desto mehr Schatten. Und auch der gehört zum Sommer.

August

Glück – Der Funkenflug in einem Haufen Asche

Knallig und kunterbunt ist die Poesie des Hochsommers, der uns Jahr für Jahr die schönsten Gedichte quer über die Landschaft schreibt. Viele Eindrücke nehmen wir mit; das blutrote Mohnblumenfeld im Vorbeifahren, die fülligen Stockrosen am Zaun, den Blick aus dem Fenster nach draußen, wo der Sommerwind zornig die Wiesen kämmt, ihnen mit hartem Griff in die Schöpfe fährt und die Maisblätter im Feld steif aneinander sägen läßt. Für Augenblicke begreifen wir die Schönheit von Welt und Natur, jene Schönheit, die uns nach Meinung vieler glücklich machen sollte. Tut sie aber nicht.

Von Nikolaus Lenau, dem Dichter, der viel von dieser Schönheit in seinen Versen eingefangen hat, stammt auch folgende Frage: „O Menschenherz, was ist dein Glück? / Ein rätselhaft geborner / und, kaum gegrüßt, verlorner, / unwiederholter Augenblick!“ Damit ist die Grunddefinition von Glück schon gemacht; es ist eine Sache des Augenblicks. Kein Zustand, bestenfalls ein über die Jahre verteilter, flüchtiger Funkenflug in einem Haufen Asche, der unser restliches Leben darstellt.

Wenn Menschen nach ihren grundlegenden Bedürfnissen gefragt werden, geben sie neben Gesundheit und Geld oft auch „ein glückliches Leben“ zur Antwort. Denn die

Menschen sind allesamt Glückssucher, wollen glücklich sein um jeden Preis, wenn's geht, sogar ein Leben lang. Daß dies nicht möglich ist, und zudem auch kaum notwendig, steht auf einem anderen Blatt. Doch von überall wird uns eingeredet, daß wir dieses Ziel haben müssen: glücklich werden und bleiben. Auch wenn nirgendwo geschrieben steht, daß es im Leben einzig darum geht oder unser Dasein nur auf diesem Weg Sinn erfährt. Vielleicht ist das sogar jene Stufe der Weisheit, die zu erreichen ein wahrhaft gutes Ziel wäre: zu erkennen, daß Glück nur ein winziges Element im Leben darstellt, ein seltenes und sehr vergängliches Geschenk des Augenblicks ist, und daß es klüger wäre, sich ein Maß an Zufriedenheit und Selbstgenügsamkeit zu wünschen, auf lange Sicht.

Von Joseph Beuys stammt der Satz: „Im Notfall leben wir auch ohne Herz." Noch härter ausgedrückt könnte man auch sagen, daß das ganze Leben sich wie ein einziger Notfall ausnimmt. Und diesen Notfall überleben wir auch ohne Glück, soviel ist sicher. Wer religiös ist und noch an irgendetwas glauben kann, dem fällt diese Einsicht womöglich leichter. Dieser „Das-kann-doch-nicht-alles-gewesen-sein"-Gedanke wird durch die Hoffnung auf ein Jenseits etwas entschärft. Wer zur Kenntnis nimmt, daß er nur Gast ist hier auf Erden, und dieses Leben hier nur ein Entwurf, nicht das einzige und vielleicht auch nicht das letzte ist, dem gelingt ein Dasein jenseits des Glücklichseins schon leichter.

Daß wir dennoch hier und jetzt um alles in der Welt glücklich sein wollen, steigert unsere Erwartungen ins

Unermeßliche, macht uns übervorsichtig, berechnend oder sentimental. Überall suchen wir dieses große Glück, und da wir es im Beruf nur selten finden, streben wir es eben im Privatleben an. Der Partner soll es also sein, der uns, verdammt noch mal, für immer glücklich machen muß. Schafft er das nicht oder gelingt es ihm mit den Jahren immer weniger, reichen wir die Scheidung ein – und halten vielleicht bald schon wieder Ausschau nach einem neuen, besseren Glücksspender. Heute gehen wir so leichtfertig auseinander wie flüchtige Bekannte, nachdem wir uns unglücklich gemacht haben oder bloß nicht glücklich machen konnten. Nicht glücklich genug. Aber in einer Beziehung geht es eben um mehr als nur ums nackte Glück. Partnerschaft, das könnte immer noch heißen: sich für einen gemeinsamen Weg zu entscheiden, für einander da zu sein, auch mitten im Alltag, auch in öden oder schweren Zeiten. So wie nun mal nicht jeden Tag ein toller Film im Fernsehen läuft, so ist auch nicht jeder Tag in einer Beziehung von Glück durchtränkt. Heute geht man oft schon nach dem ersten Feuer der Leidenschaft auseinander. Daß dieses stille Glosen der Alltäglichkeit mit seiner Vertrautheit und Gewohnheit langfristig besser wärmen kann als die aufgeladene Hitze des Anfangs, an der wir fast verbrennen, ist vielen nicht klar.

In Zeitschriften und Hochglanzgazetten wird viel geschrieben übers Glücklichsein; kaum ein Blatt ohne Dossier oder Extraheft zu diesem Thema. Und der Buchmarkt ist schon überschwemmt mit Wegweisern zu Seelenheil und Lebensglück. Wer all das liest, wird argwöhnisch und unsicher. Wer die forschen Tips der Frauenmagazine beherzigt, mehrt damit nicht sein Glück, sondern nur seine Unzufriedenheit. Ein Psychotest bringt es ans Licht: „Ihr Partner ist ein Kotzbrocken/Ihre Familie macht Sie krank/Ihre Kinder bringen Sie ins Grab!“ finden wir heraus. Denn wir, die Aufgeklärten und Gereiften, lassen uns viel vorschreiben. Lassen uns vom Geschwätz der Medien beharrlich einreden, welche Attribute der Traumpartner haben muß, welcher Job uns selig macht, welche Diät unser Selbstbewußtsein steigert, welches Kleid, welche Butter, welches Fertiggericht. Auf den Rückseiten sämtlicher Produkte klebt verborgen das Etikett: Ich mache dich glücklich!

Trotzdem läßt das Glück auf sich warten. Inzwischen verlieben wir uns halt vielleicht dann doch in einen Unvollkommenen, einen mit schlechten Manieren, mangelhafter Bildung, schütterem Haar oder Übergewicht. Inzwischen kriegen wir vielleicht auch ein paar Kinder, die uns auch wieder nicht das große Glück garantieren, die dafür viel Arbeit und noch mehr Sorgen machen und eines Tages grußlos aus dem Haus gehen, das von uns zu spät erkannte Glück fest in ihrer Reisetaschc verpackt, ein paar Reste davon noch im jetzt leerstehenden Zimmer unterm Dach. Und inzwischen kommen wir auch drauf, daß es so einfach doch nicht läuft; auch Traumfigur und Designerkleid trösten uns über echten Kummer nicht hinweg.

Obwohl wir, wie wir meinen, so vieles bräuchten, bekommen wir letztlich nur ganz wenig. Wir müssen oft ohne all das, was uns laut Medien zum Glück verhilft – guter

Sex, uferlose Zärtlichkeit, endlose Unterhaltung, treue Freunde, große Liebe und ganz viel Geld – auskommen. Und es geht eben auch ohne. Es muß. Denn die Bausteine der Zufriedenheit, wenn nicht der Erträglichkeit, sind andere: etwa ein lebbares Leben haben, ohne große Geldsorgen über die Runden kommen, auch wenn man nicht sehr viel verdient, keine schwere Krankheit haben, auch wenn der Körper nicht mehr ganz intakt ist, und auch nicht mehr ganz so schön wie früher, ein bißchen was mit sich selbst anfangen können oder wenigstens einen Menschen haben, den man gern hat und für den man selber wichtig ist – auch wenn das vielleicht ein schlechter Liebhaber sein mag, oder ein wortkarger Eigenbrötler, oder eine weinerliche Freundin, oder ein nicht ganz so wohlgeratenes Kind. Das sind die Dinge, die einen Stellenwert haben im Leben. Glück ist der zusätzliche Luxus. Wer ihn hat, soll sich freuen. Wer nicht, darf die Hoffnung nicht aufgeben.

„Glück ist immer der Moment davor“, schreibt die deutsche Schriftstellerin Judith Hermann. Und das macht Sinn. Denn wer sein Glück schon gefunden hat, muß ständig in Sorge sein, es wieder zu verlieren, im Bewußtsein, daß nichts ewig bleibt, wie es ist. Wer bis jetzt ohne Glück auskommen mußte, kann jedoch immer noch darauf hoffen. Stellt er das geschickt an, wird vielleicht aus jedem Tag so ein „Moment davor“. Und wer echten Kummer hat, kann noch so lang in ein wogendes Ährenfeld blicken, wo der Mohn in der Sonne leuchtet wie rotes Seidenpapier – er sieht halt trotzdem schwarz. Und das darf er auch. Poesie des Hochsommers hin oder her!

September

Der erste Bikini oder: Ein Kindheitsrückblick zwischen Wehmut und Witz

Mein erster Bikini war blau, mit orangegelben Comicfiguren bedruckt. Ich war stolz auf das Oberteil, das so leer war, daß ich es ebenso gut hätte weglassen können, und trug dazu einen verwegenen Strohhut, zwei blonde Zöpfe und eine breite Zahnlücke mitten im Gesicht. Ich war vielleicht sieben Jahre alt, höchstens acht – und ließ mich hingebungsvoll in diesem Bikini fotografieren. Mit einer Selbstsicherheit, von der ich heute nur mehr träumen kann.

Jetzt im September, wo wieder die Schule angefangen hat, fühlt man sich mitunter wieder verstärkt an die eigene Kindheit erinnert. Seltsam alt kommt man sich da mit einem Mal vor, wirft den Taferlklasslern einen wehmütigen Blick hinterher, und spürt ganz deutlich, wie weit das eigene Kindsein nun schon zurückliegt. Auch wenn's einem noch gar nicht so lang vorkommt.

Dicht unter der Haut spüren wir unsere Kindheit trotzdem immer noch ein bißchen. Das sind diese unauslöschlichen Erinnerungen zwischen Schönheit und Schrecken; vieles hat damals ganz schön weh getan, denn es ist nun mal keine Kindheit nur glücklich und gut. Aber mehr noch als so manche frühen Schmerzen bleiben doch die Herrlichkeiten, und wenn sie noch so klein waren, hängen. Denn eigentlich war das damals alles sehr schön. Schön – und so erschreckend einfach.

Damals, so scheint es uns heute, war das Glücklichsein noch kinderleicht. So schnell hat einen was gefreut, so leicht war man zufriedenzustellen, so wenig hat man gebraucht, um froh zu sein. Das Banalste hat schon gereicht zum Glück: frisch gebadet in den Pyjama schlüpfen, sich ins neu bezogene Bett kuscheln, mit den Eltern zum Schwimmen gehen, ein Eis kriegen, eine Wurstsemmel, ein Stollwerk oder im Winter nach dem Schlittenfahren hineinstürmen ins Warme, mit rotgefrorenen Wangen und eisverbrämten Fäustlingen, und dann einen Kakao trinken, ein Butterbrot essen und sich mit den Buntstiften über ein Malbuch hermachen … Einfacher war das Glücklichsein wohl nie.

Ein bißchen Sommer, ein bißchen Winter, das hat einem damals schon fast genügt zur Seligkeit. Und wie blödsinnig hat man sich auf so vieles gefreut! Aufs Christkind, auf den Osterhasen, auf den Nikolaus. Auf Schule und Ferien gleichermaßen. Und nicht zuletzt auf jeden Geburtstag. Damals war das noch ein echter Grund zum Feiern. Jede neue Zahl war ein echter Zugewinn, kein Verlust. Es läßt sich nicht sagen, ab welcher Zahl jedes zusätzliche Lebensjahr als Abstieg empfunden wird. Die einstelligen Geburtstage bereiteten jedenfalls noch keinen Kummer, im Gegenteil. Man tanzte in der Küche mit Nachbarskindern und Schulfreunden, die man inzwischen längst aus den Augen verloren hat. Bei vielen weiß man gar nicht, was aus ihnen geworden ist. Vom Wohltäter bis zum

Schwerverbrecher ist alles drin. Damals hatte man sowieso noch von beidem keine Ahnung.

Erstaunlich auch, welch großen Raum die Vorfreude einnahm. Heute ist sie ja oft die einzige Freude, die Ereignisse selbst sind nur zu oft enttäuschend. Sicher, auch in der Kindheit wurde einem viel versprochen, das dann doch keiner gehalten hat. Dennoch hielten sich die Enttäuschungen in Grenzen. Vielleicht, weil die Wünsche damals noch erfüllbarer waren. Und nicht selten käuflich. Eine Puppe, ein Fahrrad, ein Malkasten, ein Buch – so was hat man sich früher gewünscht. Und eben auch oft bekommen. Erwachsene Wünsche sind da schon komplizierter. Ob Partnersuche oder Berufsausbildung, ob Familiengründung oder Selbstfindung – es geht auf einmal um so viel mehr. Und jegliche Genügsamkeit ging unterwegs verloren.

Im kleinen hat man als Kind schon alles gehabt; der Beruf, das war erst Kindergarten, später Schule. Die Liebe kam von Eltern, Großeltern, Geschwistern. Hobbys hatte man genug, und selbst für Zärtlichkeit blieb immer Raum. Es mußten dazu ja keineswegs Menschen sein. Halbtot hat man die ersten Haustiere des Lebens gestreichelt, tobte mit dem Hund in der Wiese oder gab dem Meerschweinchen Küsse auf den Meerschweinmund. Und vielleicht nahm man sogar seinen Lieblingsbaum zeitweise in den Arm. Und für Kinder, die sogar ohne all dieses Wenige auskommen mußten, gab es immerhin noch einen Fluchtweg aus Einsamkeit und frühem Kummer: die uferlose Phantasie.

Jede Generation hat ihre eigenen Kindheitserinnerungen, ihre ganz speziellen Versatzstücke der Vergangenheit. Ich bin ein Kind der siebziger Jahre, großgeworden mit ganz anderen Helden und Werten wie die Kinder von heute. Auch wenn vieles davon in der modischen Recyclingsucht jetzt wieder ein Revival erfährt.

Eine meiner unvergeßlichsten Erinnerungen ist jene an Heinz Conrads, meinen ersten Helden, dem ich jeden Samstag die Treue hielt. Auch Rosenthal, Kulenkampff und Lembke gehörten zu meinen frühesten, unsterblichen Fernsehfiguren. Dennoch war es ein recht harmloses Hineinwachsen in den TV-Alltag, mit gefahrlosen Abenteuern rund um Wickie, Heidi und Biene Maja. Winnetou, den ich in erster Linie wegen der monumentalen Filmmusik liebte, war da schon das Äußerste an Action.

Mode und Statussymbole spielten damals noch keine so große Rolle. Es war die Zeit der Norwegerpullis und Natojacken, und der gefährlich spitzen Hemdkrägen, die so scharf und riesig waren, daß man dafür eigentlich einen Waffenschein gebraucht hätte. Und über die Plateausohlen und Glockenhosen der Großen haben wir Kinder von damals eher gelacht. Heute tragen wir das Zeug selber!

Ja, man ändert sich – und bleibt doch der gleiche, irgendwie. Obwohl, so manche Kindheitsrätsel bleiben ungelöst. Bis heute ist mir schleierhaft, weshalb ich mich als Kind zu Tode vor der Kehrmaschine, den Weihfeuerbuben und den Sternsingern fürchtete, jedoch ganz unerschrocken in der Leichenhalle in so manches offene Sargfenster schaute. Ich wünschte mir Kleidungsstücke, die ich heute nicht einmal unter äußerster Gewaltandrohung tragen würde, und hörte am allerliebsten die Volksmusikplatten meines Opas. Und die Apostel Jesu stellte ich in meinem ersten Religionsheft mittels ausgeschnittener Unterhosenmodels aus dem QUELLE-Katalog dar. Tja, im Laufe der Jahre geht einem so manche Arglosigkeit verloren …

Was man mit dem Ende der Kindheit verliert, ist die Gewißheit. Denn solange man klein ist, stellt man selbst das Unmögliche nie in Frage. Ein Kind sagt: „Wenn ich groß bin, werde ich Astronaut!“ Diese Überzeugung ist so unerschütterlich wie ein Felsen, den erst Jahre später ein verhauter Physiktest abtragen kann. Und wenn das Scheitern einmal anfängt, ist man sich fortan nirgendwo mehr sicher.

Nun, die Zeit, in der das Glück noch Platz hatte in einer sonnengewärmten Erbsenschote, in einer blaugeblumten Badetasche, in einer Sandschaufel voll Sommer ist lange vorbei. Heinz Conrads ist tot, Robert Lembke fragt auch nicht mehr: „Welches Schweinderl hätten's denn gern?“, der „Echte Wiener“ erfährt gerade seine x-te Auferstehung, immer noch polternd und laut, und Natojacken sind überhaupt längst ausgestorben. Zudem hat mancher frühe Ratschlag nix geholfen! Von Tschechow stammt folgendes Beispiel: „Kaut, wie es sich gehört“, sagte der Vater. Und die Kinder kauten gut, gingen täglich spazieren, wuschen sich kalt und wurden trotzdem unglückliche, unbegabte Menschen …

„Steck deine Kindheit in die Tasche und renne davon, das ist alles, was du hast!“ empfahl Max Reinhardt. Ein Satz übrigens, den Wolf Albach-Retty einst seiner Tochter schenkte. Aus ihr wurde Romy Schneider. Unbegabt war sie nie, unglücklich wohl fast immer. Aber in welche Richtung wir mit unserer Kindheit rennen sollen, das sagt uns letztlich sowieso keiner.

September

Zwischen Heimat und Fremde – Urlaubsgedanken

Es ist Hochsommer, es ist Urlaubszeit! Und wir wollen hier endlich raus! Wir haben uns die Ferien hart verdient und schwer erarbeitet, jetzt kann der Alltag uns gern haben, jetzt sind einmal wir dran. Wir wollen uns alles vergönnen, wir wollen das pralle, fette Leben, wir wollen sinngemäß ein, zwei Wochen lang eine Kerze anzünden, deren Licht dann ausreichen soll für den ganzen Rest des dunkler werdenden Jahres. Und wir wollen weg! Wollen das Fremde hautnah kennenlernen und uns dabei dennoch wie zuhause fühlen. Die Inzersdorfer-Suppen auf einem Campingplatz bei Jesolo schlürfen, die Krautköpfe aus dem eigenen Garten im Wohnmobil in Südspanien kochen, die angepatzte Freizeitkleidung mit dem Waschmittel von daheim in einem schäbigen Bahnhofsklo sauberwaschen und dann mitten in der Provence zum Trocknen in den warmen Wind hängen. Am besten genau über ein Lavendelfeld.

Urlaub, das ist die unbändige Sehnsucht nach dem Neuen und Fremden, der Hunger nach einem Glück, das größer ist als unser armseliger Alltag, die Gier nach Erlebnissen und Abenteuern, die das ganze Jahr über nie Platz finden in unserer engen, kleinen Welt. Urlaub, das ist Heimweh nach der Fremde, das ist, als würde jemand in unserem Herzen sitzen und alte Schlager singen. Freddy Quinn, der mit einem weißen Schiff nach Hongkong fährt, und das noch dazu über Rio und Shanghai, und dann weiter bis nach Bali und Hawaii. Oder Hans Albers, den es bis ans Kap Hoorn zog, bis zum Kreuz des Südens. Vico Torrianis südliche Gitarren erklingen, und bei Capri versinkt die rote Sonne im Meer. Unsere brüchige Seele schwingt im Schlagertakt, während wir bunte Prospekte durchpflügen, Reiseziele orten, uns nicht entscheiden können zwischen Cluburlaub und Mietbungalow, Fünf-Sterne-Hotel und Dreimann-Zelt. Sicher, letztlich ist alles eine Geldfrage.

Im Endeffekt können wir schon bei der Abreise alles zurücklassen. Alles, nur nicht unser Herz. Das kommt mit auf die große Reise und mit ihm oft auch der alltägliche Proviant. Ein schwerer Rucksack ist das beizeiten, der uns da im Brustkorb hängt und in dem alles drin ist, was wir gar nicht mitnehmen wollten, was wir so verdammt gern einmal zuhause gelassen hätten. Die alte Oma im Heim, den alten Onkel im Krankenhaus, die Übungsblätter für die Nachprüfung des faulen Kindes, den unaufgeräumten Keller, die angefangene Arbeit, die Schulden bei der Bank. Wir machen den Rucksack zu, so fest es geht, aber manchmal meldet sich doch etwas aus seinem Inneren. Manchmal in der Nacht, wenn wir in diesem ach so fremden Hotelbett liegen und uns schwere Vorwürfe machen, weil wir bei der Unterkunft so unsinnig geizig waren. Die Matratze ist hart wie ein Fakirbrett oder so weich und durchgelegen oder durchgeliebt, daß die Wirbelsäule sich darauf einringelt wie ein rückgratloser Wurm. Die Dusche ist zudem so klein, daß man unverzüglich seine fünf Kilo Übergewicht verflucht – man bringt nicht mal die Tür zu, wenn man aufs Klo geht. Und im Waschbecken kann man bestenfalls eine kleine Dose Bier einkühlen, mehr Platz ist da nicht. Alles läßt so ein schäbiges Billigzimmer zu wünschen übrig, nur ein riesiger Spiegel ist immer drin. Zur Strafe vielleicht. Egal, wo man sich in dem kleinen Kämmerlein hinsetzt, man muß sich darin selber anschauen, muß sehen, wie struppig einem die Haare zu Berge stehen, weil der Reisefön zwar handlich ist, aber halt nur ein Reisefön – nicht mehr. Und man muß sich, wenn man am wackeligen Minitisch sitzt, erbarmungslos ins Gesicht starren, das jeden Mangel aufweist, den man sich zu Hause weggelogen hat.

Wohnt man hingegen feudal und luxuriös, wird man von dem seltsamen Zwang verfolgt, alles schätzen zu müssen, was einem da so unterkommt. Badet dreimal hintereinander in der Marmorwanne, bis die Haut sich problemlos ablösen läßt. Telefoniert um horrende Summen mit Gott und der Welt, ruft sogar Leute an, mit denen man seit einem Jahr nicht mehr gesprochen hat. Vernichten den Inhalt der exquisiten Minibar, bis man so kostspielig besoffen ist, daß man unter Umständen wenig später auch die prachtvolle, blitzblanke Klomuschel ganz aus der Nähe betrachten kann. Man labt sich an formidablen Buffets, zwingt sich zum Genuß zweifelhafter Nationalspeisen und macht auch sonst so alles, wonach einem daheim gar nie gelüstete. Reitet auf einem Kamel, durchquert eine Wüste, taucht im Haifischbecken und läßt sich von einem knusprigen Einheimischen küssen. Es ist ja Urlaub! Im Urlaub gehen die Uhren anders, da muß man auf die Pauke hauen, da darf eine Woche Abenteuer schon mehr kosten als daheim ein ganzer Monat banales Leben.

Die anderen haben ihre Heimat ohnehin mit dabei. Im liebevoll eingerichteten Campingwagen ist alles wie zuhause im Wohnzimmer. Die Musik kommt aus dem Radio, es ist nicht anders als daheim. Bloß daß die Nachbarn, wenn man einen schlechten Standort erwischt hat, nicht mal Deutsch sprechen. Dafür spricht man selber viel von daheim. Fragt sich, was die Zurückgebliebenen jetzt wohl so treiben, wie es in der Firma vorangeht, ob der eine schon genesen und der andere schon gestorben ist. Im Urlaub, von ferne betrachtet, nimmt man das, was daheim so vorgeht, manchmal seltsam leicht. Und wird mitunter doch geplagt von schmerzhaften Heimwehattacken. Bricht nahezu in Tränen aus, wenn es irgendwo kein Wiener Schnitzel gibt und flüchtet verletzt und trotzig zu McDonald's. Den gibt's immerhin fast überall.

Im Ausland kommen sich die Menschen nahe. Zwei Österreicher in Australien finden sich früher oder später bestimmt. Sie erkennen sich am T-Shirt mit dem durchgestrichenen Känguruh, fallen sich freudetrunken in die heimatlichen Arme und kosen sich wie verschollene Kriegsgefangene. So schön ist es, in Queensland auf ein bißchen Heimat zu stoßen.

Ab der zweiten Urlaubswoche setzt das Heimweh verstärkt ein. Man räumt im Geist schon die Koffer aus, hängt die hübschen Souvenirs an die Wände, plant den Abend mit den Urlaubsdias und jätet in Gedanken die unkrautüberwucherten Beete. Eine heimtückische Sehnsucht nach dem einst ungeliebten Alltag schleicht sich ein. Das ständige Erleben und Begeistertsein macht erschöpft und müde. Das Mittel gegen den hartnäckigen Durchfall liegt zuhause im Badezimmerschrank. Die Sandalen wetzen mittlerweile die Fersen blutig, man kommt mit dem Pflasterkauf kaum nach. Und man wünscht sich mehr und mehr zurück ins Vertraute. Schon vor der Heimreise fliegen einem die beiläufigsten Erinnerungen durch den Kopf wie wilde Bienen. Die immer gleichen Bilder. Das schöne Weizenfeld hinter dem Gartenzaun, das um diese Zeit schon so hoch steht, zart durchwoben von den letzten Mohnblumen und Kornblumen wie ein luftiges Kleid im Mille-fleur-Dessin. Die Rosenhecke rund um die Terrasse, die ihre alten Äste wie Arme um das eiserne Geländer schmiegt und im August oft zur zweiten Blüte ansetzt. Die Kinder aus der Nachbarschaft, die auf ihren Rädern heimkommen vom Freibad, sonnengebräunt, mit einem Gespinst ausgebleichter Löckchen am Kopf und in anrührend kurzen Hosen. Die fetten Dahlien am Zaun. Der vertraute Gang in die Stadt, vorbei an den immer gleichen Häusern, Bäumen, Sträuchern, Geschäften. Die wohlbekannten Gesichter. Der zu Ende gehende große, hohe Sommer – daheim. Wo er jedes Jahr die gleiche Gestalt annimmt, wo sich nichts ändert, wo alles bleibt, wie es immer schon war. Und man freut sich darauf. Das Geld ist weg, die Filme sind verschossen, die Reisetasche ist prall vollgepackt mit Ramsch und Krimskrams und farbigem Gerümpel, das eines Tages, vielleicht im kommenden Winter schon, anfängt, liebenswerte Erinnerung zu werden. Man wird es anschauen, sich vielleicht an einen anderen Menschen lehnen, und sagen: Weißt du noch? Das war damals, da waren wir am Meer, da haben wir die Pyramiden gesehen, da haben wir gegrillten Fisch an Stäbchen gegessen, da lagen wir im Sand unter Palmen, da haben wir die Sonne rot im Meer versinken gesehen – auch wenn es nicht auf Capri war. Das wird dann keine Rolle spielen. Es ist überall die gleiche Sonne, auf der ganzen Welt, es ist die einzige, die wir haben. Auch wenn wir ihre Strahlen manchmal lieber woanders spüren. Auf Bali und Hawaii oder so. Wenn sie daheim ein bißchen für uns scheint, sind wir auch dankbar. Und sehen in ihr ein weiteres, immer gleiches Bild. Das Bild von Heimat. Und schicken für den Rest des Jahres wieder nur unsere Seele in Urlaub, indem wir denken, träumen und erinnern. Und das kann auch sehr schön sein.

Oktober

Eine Schultüte voll Hoffnung oder Vom Ernst des Lebens

Vor wenigen Wochen hat wieder die Schule angefangen. In den Schaufenstern der Papierwarengeschäfte lagen zwar schon seit Ferienbeginn Schulsachen herum, in den Großmärkten wurden schon im Juli die ersten Hefte und Federschachteln unter das Warenangebot gemischt. Aber das Jahr eilt raschen Schrittes dahin. Der große Sommer ist zu Ende, Melancholie und Abschiedsstimmung machen sich breit.

Für alle, die mit der Schule etwas zu tun haben, steht der Herbst aber auch immer für Anfang. Ein neues Schuljahr beginnt. Die Schulsachen sehen längst nicht mehr aus wie früher, sie sind auf die Kinder von heute zugeschnitten: mit Disneyfiguren und Comic-Helden aus dem Nonstop-Kinderprogramm bedruckt, mit Actionmotiven und Science-Fiction-Gestalten oft ziemlich zweifelhaft geschmückt. Aber das gehört auch mit zur heutigen Zeit, daß die kindliche Ästhetik sich gewandelt hat. Heute sind Kinder nicht selten kleine Erwachsene. Und auch sonst kriegen sie schon früh jede Menge mit vom Ernst des Lebens. Auch Dinge, für die später noch genug Zeit wäre.

Bestimmt sind die Schultüten der Taferlklassler auch heuer wieder üppig gefüllt mit köstlichem Naschwerk aller Art. Und zwischen den Schokoriegeln und Lollis haben so manche Eltern gewiß auch diesmal wieder jede Menge Hoffnung versteckt. In kleinen Portionen zwar, man darf schließlich nicht zuviel erwarten. Sitzenbleiben soll das Kind halt um Gottes willen nicht! Und wenn's geht, soll es auch sonst nie einen Fünfer nach Hause bringen. Schämen soll man sich halt nicht müssen mit dem faulen Buben, dem begriffsstützigen Mädchen. Leicht und schnell soll es lernen und begreifen. Damit einmal etwas Gescheites aus ihm wird.

Gern rühmen sich manche Eltern später mit den ganz frühen Erfolgen ihres Nachwuchses. Im Kindergarten hat der Kleine schon schreiben und lesen können, erzählen sie stolz. Hat sich schon selber die Schuhe zugebunden, als er noch kaum stehen konnte. Und ist, kaum dem Säuglingsalter entwachsen, bereits ganz allein aufs Topferl gegangen. Und hat nie danebengemacht. Ob das dem einstmals so aufgeweckten Kleinen später im Leben etwas gebracht hat, läßt sich freilich nicht sagen. Von den Früchten der allerersten Erfolge zehrt man leider nicht sehr lang. Und wer im Leben auf allen Längen versagt und unaufhörlich scheitert, wird auch in den Augen der anderen nicht automatisch zum Sieger, indem er sich aufs ganz allein bestiegene Topferl oder auf die frühe Virtuosität im Schuhezubinden beruft.

Mit der Schule, so sagt man, beginnt der Ernst des Lebens. Und in der Tat bekommt so ein Kind auf seinem Bildungsweg sehr viel Ahnung von dem, was ihm später noch blühen soll. Es muß lernen, sich an allerhand zu gewöhnen. Etwa daran, beurteilt und damit oft auch ein bißchen verurteilt zu werden. An der Leistung gemessen zu werden, und zwar ausschließlich. In Konkurrenz zu treten mit anderen. Pflichten zu erfüllen, Aufgaben zu lösen, allzeit vorbereitet zu sein. Und ganz nebenbei auch immer ein Stück der eigenen Art zurückzunehmen.

Die Kinder von heute haben es manchmal nicht leicht mit ihrer eigenen Art, die sie beizeiten zu schwierigen, lästigen und anstrengenden, wenn nicht sogar unerträglichen Schülern macht. Nicht viele entstammen heute noch einer intakten Familie. Die meisten werden halt eine Weile hin- und hergeschoben, von der Oma zur Tante, von der Tagesmutter zum Opa und zwischendurch zu einer netten Nachbarin oder zu anderen Kindern. Sie fühlen sich dann wohl überall ein bißchen daheim – und sind es doch letztlich nirgendwo ganz. Und manche werden auch früh sich selbst überlassen, mit dem zweifelhaften Kompliment: „Du bist eh schon so groß“ in die leere Wohnung gestellt, wo sie sich dann ausgiebig im Großsein üben dürfen. So entdecken sie die Welt der Erwachsenen mitunter reichlich früh und nehmen so schon Abschied von der Kindheit lange vor der Zeit.

Niemand hat einzig Schuld an diesen Umständen. Perfekte Eltern hat es auch früher nicht gegeben, und sein wollten es die meisten doch immer. Auch sind nicht alle Kinder viel allein – und zugleich doch manchmal noch schlimmer dran. Das sind Kinder, für die Gewalt an der Tagesordnung steht, die sehr schnell groß und abgeklärt werden zwischen gar nicht gesunden Watschen und demütigenden Strafen. Kinder, deren Eltern bestimmt auch nichts falsch machen wollen, doch die vom Leben halt ein wenig zu hart angefaßt wurden, aus welchem Grund auch immer. Es sind Kinder aus verzweifelten Familien, Kinder, deren Eltern sich längst nicht mehr verstehen, deren Väter ihr eigenes Leben nicht in den Griff bekommen, deren Mütter am eigenen Schicksal mehr und mehr zerbrechen. Manche Familien sind in Wahrheit Schlachtfelder, sind trügerische Gefängnisse, in denen Menschen sitzen, die durch Schulden, finanzielle Notsituationen, soziale Widrigkeiten oder unglückselige Umstände zusammengesperrt sind auf Lebenszeit.

Irgendwann kommt für uns alle der Zeitpunkt, an dem wir spüren, daß wir ganz im Inneren immer noch Kinder sind, daß die Kindheit unsere lebenslange Unterwäsche bleiben wird bis zum Tod. Wir ziehen sie niemals aus, wir ziehen immer nur drüber, Schicht für Schicht. Unter der Haut sitzt bei uns immer noch ein Rest von Unschuld, eine Spur Harmlosigkeit, eine Prise arglosen Vertrauens. Doch die meisten von uns haben schon so viele Schichten darübergelegt, daß sie nichts mehr davon spüren.

Irgendwann kommt für uns auch die Einsicht, daß der Ernst des Lebens mit Bildung und Intelligenz nicht viel zu tun hat. Daß wir, dem Ernst des Lebens gegenübergestellt, hilflos sind trotz vieler Titel und akademischer Grade. Das ist, wenn wir vor Liebeskummer fast vergehen. Das ist, wenn wir im Wartezimmer eines Arztes sitzen und nicht wissen, ob das Ergebnis positiv oder negativ sein wird. Ob wir noch eine Chance bekommen oder nicht. Das ist auch, wenn wir einen Unglücklichen vor uns haben, wenn wir einen, der keine Chance mehr hat, im Krankenhaus besuchen. Das ist, wenn wir uns sehr allein fühlen, wenn wir verlassen werden oder selber fortgehen – und keiner schaut uns nach. Und das ist, wenn wir am Grab stehen, vor Gericht stehen, auf der Straße stehen oder auf dem tiefsten Grund unseres Daseins liegen, zerbrochen, mutlos, einsam. Wie lächerlich mutet dann plötzlich die Sorge an, einen Fünfer zu bekommen oder ein Gedicht nicht fehlerfrei aufsagen zu können. Wenn man am Boden liegt, wäre Sitzenbleiben oft schon ganz schön. Und man würde die strengen Lehrer dann gern verfluchen, die einem etwas eingedrillt haben, was man bis zum Tod nicht mehr aus dem Kopf bekommt, aber niemals im Leben braucht. Goethes „Erlkönig", die Winkelfunktionen, das chemische Periodensystem. Alles umsonst gepaukt. Denn das Herz, so es vorhanden, nicht verkümmert ist, hat immer noch die besten und einfachsten Antworten parat. Auch wenn man sich in der ersten Klasse noch keine Gedanken darüber macht. Da hat man seine Schultüte mit nichts anderem darin als der eigenen Neugierde auf die Zukunft. Ein genaues Bild hat man noch nicht, nur eine naive Skizze irgendwo zwischen Farbstiftbunt und Bleistiftgrau. Die Korrekturen macht dann das Leben. Im Ernst.

Oktober

Tiere – Nicht nur von oben betrachtet

Traurig ist, daß für so manche Minderheit, für so manche Gruppe von Benachteiligten genau ein Tag im Jahr reserviert ist. Egal, ob Tag der Frau, Tag der Menschenrechte, Muttertag, Vatertag, Großelterntag, Allerheiligen, Allerseelen – egal, ob Tradition oder kirchliches Brauchtum, egal, ob unschuldige Kinder, Hungernde oder Notleidende und Kriegsopfer, wir begnügen uns mit einem Gedächtnistag, einem winzigen Punkt im Kalender. Da schenken und spenden wir, halten inne, denken nach oder auch nicht. Im Oktober finden wir unter anderem zwei solcher Gedenktage; das Erntedankfest am ersten Sonntag des Monats und den Welttierschutztag am 4. Oktober, zugleich der Gedenktag des heiligen Franz von Assisi. Auch wenn das lange her ist, für die Tiere hat seit damals kaum jemand soviel getan; sie als gleichwertige Mitgeschöpfe zu respektieren, das gelang davor nicht vielen, und das ist auch nach ihm nicht zur Tagesordnung geworden.

Woran denken wir, wenn wir das hören – Welttierschutztag? Wem sagt das was? Den Haustierbesitzern? Den Verhaltensforschern? Oder auch den Nutztierzüchtern? Den Hobbyjägern und Sportanglern? Den Feinschmeckern und Versuchslaboranten? Und was soll das, dieser eine Tag? Jahrhunderte des Gedenkens und

Innehaltens würden nicht ausreichen, um auch nur einen Bruchteil dessen wieder gutzumachen, was man den Tieren bislang schon angetan hat. Mit manchmal zweifelhaftem, selten gutem Grund und meistens völlig grundlos.

Tiere fahren innerhalb der menschlichen Gesellschaft stets zweiter Klasse, ihre Geschichte ist eine Geschichte gnadenloser Ausbeutung, radikaler Mißachtung natürlicher Gesetze, eine Biografie des totalen Ausgeliefertseins, der Wehrlosigkeit und der unvorstellbaren Qual. Daran ändert auch die Tatsache nichts, daß die Wissenschaft mittlerweile all das herausgefunden hat, was immer schon zu ahnen gewesen wäre: daß Tiere sehr viel von dem empfinden können, was auch Menschen empfinden; Schmerz, Angst, Freude, Trauer – und damit die elementarste Palette von Gefühlen. Dennoch gelten derlei Gefühle, wenn sie von Geringeren empfunden werden, dem Menschen nicht viel. Das wunderbare Gedicht „Von oben betrachtet“ aus der Feder der polnischen Literaturnobelpreisträgerin Wislawa Szymborska könnte als Spiegel menschlicher Sicht- und Handlungsweisen interpretiert werden. In dem kurzen Text, den zu lesen jedem an dieser Stelle empfohlen sei, beschreibt die Dichterin den Unterschied zwischen Mensch und Tier im Hinblick auf Leben, Leiden und Sterben. Ausgehend vom Anblick eines toten Käfers am Feldweg wird eine sehr sensible und widersprüchliche Grenze aufgezeigt, die – so lange niemand sie überspringt oder beseitigt – am tierischen Leiden nichts anders werden läßt. Anders und damit besser.

„Unserem Frieden zuliebe sterben die Tiere nicht, sie krepieren sozusagen den seichteren Tod, verlieren – wir wollen es glauben – weniger Welt und Gefühl, verlassen – so will uns scheinen – eine weniger tragische Bühne", heißt es da, ehe die Autorin zum skeptischen Schluß gelangt, daß nur unser Tod, und damit der menschliche, Bedeutung hat und erzwungenen Vorrang genießt.

Freilich, nicht immer ist das zutreffend. Es gibt genug Menschen, in deren Gärten man kleine Friedhöfe finden kann, mit Kleinstgräbern ihrer verstorbenen Haustiere. Und es kann sein, daß sogar etwas blüht dort, etwas, das bewußt dort hingepflanzt wurde, um dem verblichenen Gefährten ein würdiges und liebevolles Andenken zu bewahren; im Frühling ein paar Narzissen über dem verscharrten Kaninchengerippe, im Sommer eine Zwergdahlie auf dem Rest vom vergötterten Zwergpudel, oder dem Meerschweinchen eine Glockenblume, der Katze ein paar Margeriten, und im Herbst vielleicht gar einen Buschen Chrysanthemen für den toten Vierbeiner, den verstummten Sittich, und eine Allerheiligenkerze noch dazu.

Irrsinn, Blasphemie, kindische Sentimentalität oder schon bedenkliche Übertreibung – Leute, die ihren toten Tieren Gedenkstätten errichten, werden gemeinhin schnell in die Riege der weltfremden und törichten Spinner eingereiht. Und wer gar schon eine freie Grabstätte auf einem Tierfriedhof reserviert hat, könnte genauso gut einen Platz in der nächsten Irrenanstalt reservieren; Tierliebe, die der Liebe zu Menschen gleichkommt, ist fast ein soziales Verbrechen.

Und doch gibt es viele Gründe für diese Art der Zuneigung. Man sollte sich hüten, derlei vorschnell lächerlich zu machen. Nicht wenige Menschen haben mit der Liebe innerhalb ihres menschlichen Umfeldes nicht viel Glück. Es gibt sie immer noch, es werden vielleicht stetig mehr, niemals sterben sie aus, die Einsamen, die Ungeliebten, die Unbequemen, die Mißverstandenen, die vom Schicksal zu hart angefaßt oder vom Leben nicht gerade mit vielen Vorzügen ausgestattet wurden. Menschen haben hohe Erwartungen an andere Menschen. Tiere nicht. Tieren ist es herzlich egal, ob das Frauchen Modelmaße hat oder Übergrößen trägt, ob das Herrchen Manieren, Bildung und Erfolg hat oder nichts von alldem. Ein Hund bleibt sitzen bei dem, der ihn liebt, füttert und versorgt; bleibt auch sitzen bei einem Einbeinigen, einem Blinden, einem Entstellten oder einem Bettler auf der Straße. Er stört sich nicht am frech aufgestellten Hut fürs Kleingeld, schämt sich nicht für Häßlichkeiten und schlechtes Betragen und hat von Mode, Macht und Moral keine Ahnung.

Wer mitten im Leben oder schon sehr spät alleine ankommt, hat es schwer, noch einen Partner zu finden. Zuneigung, Zärtlichkeit und Wärme bleiben ihm versagt. Ein Tier kann solche Verluste nie gutmachen, keine Entbehrung ausgleichen; eine geringfügige Entschädigung bieten kann es aber doch. Allein schon, weil es da ist. Der Mensch, der heimkommt, weiß: da wartet jemand, die Wohnung ist nicht leer. Man wird gebraucht, ersehnt, begrüßt. Zärtlichkeit und Freundschaft werden so wieder möglich. Und manchmal sind Beziehungen zu Tieren sogar stabiler als echte Partnerschaften. Tierliebe nutzt sich nicht ab, darf sich nicht abnutzen und im Alltag untergehen. Wo man beim menschlichen Lebenspartner schon lange aufgehört hat mit allem, dem Küssen, dem Streicheln, der Kuschelei im Bett, muß man beim Tier immer weitermachen. Erste Verliebtheit, deren Feuer nach und nach erlischt, gibt es da nicht. Man nimmt die Katze auch nach fünfzehn Jahren noch auf den Schoß, krault die Hundeschnauze auch noch, wenn sie grau und zahnlos geworden ist. Vielleicht sitzt man sogar gemeinsam vorm Fernseher, nur daß es leichter ist, als mit so manchem menschlichen Partner: kein Streit ums Fernsehprogramm, keine Nörgelei über zuviel Bier oder zuviel Konfekt, und in all der Zeit ist man sich auch noch nicht so fremd geworden, daß man nicht wagen würde, sich einfach anzulehnen. Die Zärtlichkeit mit Tieren wird niemals peinlich, auch nicht nach vielen Jahren. Und es droht keine Sprachlosigkeit, kein beklemmendes Nebeneinander. Tiere zwingen zur Disziplin. Egal, welchen Kummer man sonst so hat, das Tier fordert immer und ausnahmslos dasselbe: Zuwendung, Streicheleinheiten, Spaziergänge, Nahrung, Pflege und Spiel. Und diesen Zwang hat man manchmal ganz nötig.

Nötig ist auch die Wachsamkeit im Alltag. Wir können nicht alles Unrecht ändern, nicht alles sofort abschaffen. Doch kleine Schritte für sich selbst kann jeder setzen. Indem er vielleicht auf das verzichtet, was er nicht dringend braucht: die Stopfleber gemarterter Gänse, die Eier aus den Hühnerzwingern, den Pelzmantel oder das gequälte Fleisch aus Massenhaltung. Nichts läßt sich gutmachen, doch alles läßt sich bessern. Erschreckend ist, daß wir bei all der Information immer noch so ruhig sind, alles als gegeben dulden; die gefolterten Versuchstiere, die grausigen Belustigungen durch Stierkampf, Zoo und Zirkus, die ganze nichtige Qual. Wer den nächsten Käfer, der ihm übern Weg krabbelt, nicht mehr zertritt, die nächste Fliege, die nur kurz rastet, nicht erschlägt, leistet auch schon seinen Beitrag. Gewiß, auch Tiere machen Schaden. Sie wissen es aber nicht besser. Wir schon. Und wenn überhaupt, dann setzt er hier ein, der Welttierschutz. Und das nicht nur für einen Tag.

Oktober

Über das Sterben vor dem Tod

Sterben – was heißt das schon?! Im Grunde genommen bereiten wir uns auf den Tod sehr gut vor, wenn auch, ohne davon zu wissen. Der Tod, das ist nur mehr das allerletzte Loslassen, der knappe Punkt am Ende eines kleinen oder großen Satzes, je nachdem. Das Davor, das, was wir Leben nennen, ist immerzu auch Abschiednehmen, Stück für Stück. In kleinen Dosen, sodaß der Schmerz erträglich bleibt. Wir sterben jeden Tag ein bißchen, die einen mehr, die anderen weniger. Vielleicht eine Frage der Empfindsamkeit.

Dieses kleine, alltägliche Sterben hat viele Gesichter und viele Synonyme. Sich etwas abschminken, sich etwas aus dem Kopf schlagen, eine Idee verwerfen, einen Gedanken wegstreichen, ein Ziel verlieren – all das ist Tod in kleinen Dosen. Wir nehmen ihn nicht wahr, wir nehmen ihn zur Kenntnis, mehr auch nicht. Denn irgendwann waren wir alle einmal vollgepumpt mit Hoffnung, erwartungsfroh und vorfreudig wie Kinder. Wenn wir die anderen scheitern sahen, dachten wir nur: So nicht! Bei uns wird das ganz anders laufen. Wenn wir um uns herum Beziehungen zerbrechen sahen, sagten wir uns selbstgewiß: Das werden wir ganz anders machen. Denn irgendwann einmal waren wir uns sicher, daß unser eigenes Leben gelingen wird. Daß wir einmal einen Beruf haben werden, der uns ausfüllt und gefällt, daß wir einmal genug Geld haben werden, daß wir die Liebe unseres Lebens finden werden – und auch behalten können, behalten bis zum Schluß. Wir haben höhnisch auf die anderen hinabgeschaut, die ihr festgefahrenes Dasein beklagten, über ihre kaputten Partnerschaften lamentierten und irgendwann nur noch in Sentimentalität und Larmoyanz ertranken. Wenn etwas schön ist, wird es das auch immer bleiben, so dachten wir, und wenn uns einer liebt, dann für immer, und wenn eine Entscheidung einmal richtig war, wird sie es immer sein. So dachten wir.

Letztlich kommt alles anders, als man denkt. Binsenweisheit, Alltagsfloskel, Klischee. Und vom Leben doch nie widerlegt. Letztlich sterben wir alle an inneren Verletzungen. An Wunden, die so tief in unserem Inneren verborgen sind, daß sie oft niemand anderer findet. Vielleicht ist es ein Knoten am Hals oder in der Brust, der uns den Tod bringt, doch gestorben sind wir oft viel früher schon an den Knoten auf der Seele. Den banalen Enttäuschungen, den harmlosen Verletzungen, den beiläufigen Stichen in das Herz. Rein äußerlich haben wir uns daran gewöhnt. Wer demonstriert schon gegen die harte Realität? Wer erstattet Anzeige gegen das, was uns so zugemutet wird im Laufe eines Lebens? Wer schreit „Skandal“, wenn es um Dinge geht, die jeder noch ausgehalten hat, die man in Kauf zu nehmen, zu ertragen hat auf dieser Welt, in diesem Leben? – Sind doch nur Kleinigkeiten allesamt.

Alltägliches Sterben kommt so lautlos wie ein sanfter Hauch. Löscht irgendwann das Feuer aus, das eine Liebe vormals brennen ließ. Am Anfang sind Beziehungen so leicht. Da ein Du, und dort ein Du – dazwischen nichts als Zärtlichkeit. Jeder ist aufmerksam, ist liebevoll, bemüht, gemeinsame Zeit ist kostbar, wird genossen, man freut sich aufeinander, und man nimmt sich immer wahr. Man schaut sich unaufhörlich an. Und dann, es geschieht allmählich, wird man unsichtbar. Die Verliebtheit verflüchtigt sich wie altes Parfum. Irgendwann schläft jeder auf seiner Seite. Irgendwann läßt man den Kuß ganz einfach weg. Irgendwann hat man sich nichts mehr zu sagen. Man wird sich fremd, weil man sich immer nahe ist. Man wird ein Gegenstand im Leben eines anderen, gewohnt und doch beliebig wie ein Möbelstück.

Man hat die so vertrauten Schritte satt, man kann die immer gleiche Stimme nicht mehr hören. Und irgendwann sitzt dann ein Paar in Isolierhaft, oft über Jahre eng zusammengedrängt auf kleinem Raum, jeder der beiden unter seiner eigenen Glasglocke, deren einziges Verbindungsglied in einer Kreditsumme, einer Unterschrift oder bloß in der nackten Gewohnheit liegt. Und beizeiten beschlagen sich die gläsernen Glocken mit Wehmut – alles, was gut war, ist ferne Erinnerung. Und daß man selbst dieser so glücklich lachende Mensch auf den Fotos der Vergangenheit sein soll, kann man gar nicht mehr richtig glauben.

Wer einen Traum aufgibt, der stirbt ein beträchtliches Stück. Und wo kommen all die Träume hin, die uns unterwegs verlorengegangen sind? Treiben sie ungesehen durch das Universum? Oder bewahrt sie jemand auf für uns oder für eine Art von Jenseits? Haben wir nicht alle eine Fortsetzung für unser mühselig angefangenes Dasein verdient?

Der Verlust eines geliebten Menschen kann beizeiten härter sein als die Idee der eigenen Sterblichkeit. Und wenn uns einer stirbt, dann stirbt auch etwas in uns. Einer wird von nun an nicht mehr da sein, es wird nie wieder so sein wie zuvor. Das ist schon ein recht großer Tod mitten in unserem Leben. Er überstrahlt mit düsterem Schatten oft die vielen, anderen, kleinen Tode, die immer auch ein Stück von uns selber sterben lassen. Die Erkenntnis, daß es für manche Dinge schlicht zu spät ist. Daß sich zwar viel, doch lange nicht mehr alles ändern läßt. Daß so mancher Wunsch nicht mehr in Erfüllung gehen wird. Daß die eine oder andere Hoffnung gänzlich umsonst war. Daß wir vielleicht viel erlebt, aber womöglich noch mehr versäumt haben. Und daß sich manches einfach nicht mehr lohnt.

Wenn jemand stirbt, bleibt nur das Unerfüllte stehen. Das, wovon vielleicht keiner je gewußt hat. Die Hoffnung, daß es einen Gott gibt, welcher Gestalt auch immer, der das sieht, mag aberwitzig sein, ist aber dennoch sehr berechtigt. Wenn einer sich zu Tode säuft, dann vielleicht auch, weil er zuvor schon viel zu oft gestorben ist an Kleinigkeiten. Man nimmt sie oft nur aus den Augenwinkeln wahr, die Spinner und die Sonderlinge, die Trinker und Träumer, die bitterernsten Witzfiguren im Alltag. Die

Lächerlichen und die Tragischen, die Motzer und Schwätzer. Man kann nicht sagen, wie viel Raum das Unerfüllte und das nebenbei Abgestorbene in ihrem Dasein einnimmt. Wieviele sterben wohl als arme, unbekannte Leute – und wollten doch immer etwas ganz anderes sein. Vielleicht Opernsänger, vielleicht Filmschauspieler, vielleicht Rockstar. Wieviele gehen nachts allein zu Bett, geschieden, verwitwet, verlassen oder einfach übersehen, nicht mehr jung, nicht mehr schön – aber dennoch mit denselben Bedürfnissen und Wünschen ausgestattet wie all die anderen, vom Schicksal etwas Begünstigteren auch: mit der oft leichtfertig ins Lächerliche gezogenen Sehnsucht nach einer Hand, die die ihre hält, nach einem Arm, in den sie sich verkriechen können, nach einem Menschen, dem es nicht gleichgültig ist, wie es ihnen geht, der sich auch für das Unbedeutende und Kleine in ihrem Leben interessiert, der ihren alten Körper streichelt und begehrt, in ihren Falten liest wie in einem Tagebuch und unter dem verwelkenden Körper noch das kindliche Wesen aufspürt, das als einziges nicht stirbt, bis zuletzt.

Der echte Tod kündigt sich selbst nur selten an. Meist reißt er uns heraus aus Unvollkommenheit und Chaos. Wir müssen alles liegen und stehen lassen, zum ersten Mal. Nichts darf mitkommen, nicht der Lieblingspulli, nicht die Lieblings-CD, für die man so weit gefahren ist, nicht der private Krimskrams, den die Nachwelt nicht versteht. Was wir gesammelt haben, aufbewahrt, gehütet und geschützt wie einen Schatz: Fotos von Filmstars, Autogrammkarten, Briefe, Murmeln, verdorrte Rosen,

Spielzeug, Kleinodien, die man nicht mal benennen kann. Und das, weil wir innen eben oft ganz andere Leute waren als außen. Verhinderte Rockstars, begnadete Leinwandhelden, Ikonen des Sports oder einfach nur große, ewig glückliche Liebende. Aber für die Öffentlichkeit haben wir uns diese dummen Träume längst abgeschminkt. Für die Öffentlichkeit, die nach unserem Tod keinen Begriff davon haben wird, wie oft wir davor schon gestorben sind. Wenn auch nur im ganz Kleinen.

November

Grauer Alltag – Auch er geht manchmal unter die Haut

„Nenn' es Alltag, ich find' es schön!" Mit diesem gar nicht sehr markigen Spruch warb einst eine Frauenzeitschrift für sich selbst. Sicher, man hat schon Originelleres gehört und Witzigeres gelesen. Den schnöden Alltag klasse zu finden, das hat fast schon was Provokantes. Was soll man bloß schön finden am grauen Einerlei ununterscheidbarer Wochentage, am kläglichen Jahrein-Jahraus? Schick ist es, den Alltag zu verwünschen und danach zu trachten, ihm weitgehend zu entkommen. Nicht für den Alltag, für das Wochenende leben wir – soweit die trendige Devise. Oder für den Urlaub, für die Feiertage, für jeden noch so kurzen Ausbruch aus dem Trott. Wie Flüchtlinge hungern wir dem Feierabend entgegen, der Samstagnacht. Und nach dem Sonntag, der uns spätestens beim Mittagessen schon wie eine temporale Henkersmahlzeit vorkommt, empfängt uns schon wieder das Unausweichliche: der grausame Montag, Beginn einer langen, öden Arbeitswoche. Der Alltag lauert uns auf wie ein Verbrecher, der unsere Zeit stehlen und unsere Lebenslust töten will. Im Sommer kam uns dieser Alltag manchmal ein bißchen weniger alltäglich vor, denn das Wetter war oft trügerisch schön. Aber jetzt plagt uns der gewöhnliche Einheitsbrei banaler Tage doppelt. Und der

Gipfel des Hassenswerten ist für viele vermutlich: ein Montag im Spätherbst oder Frühwinter. So ein richtig düsterer, früher Morgen. Das ist Grau zur Potenz!

Was uns selten bewußt wird ist die simple Tatsache, daß unser Leben zu einem Großteil aus Alltag besteht. Denn wir schalten unser Herz und unsere Empfindungen nicht erst am Freitagabend ein. Wir sind gezwungen, auch den Rest der Zeit zu erleben. Lieber wären wir bei unserem eigenen Alltag gar nicht erst dabei – und sind es trotzdem. Und oft wider Erwarten sogar mit Haut und Haar. Weil Emotionen sich noch nie auf Kalenderblätter schreiben ließen wie andere Termine. Wochentags das Unvermeidliche und Lästige hinter sich bringen und am Wochenende lachen, lieben, leben? – Nein, so läuft das nicht. Zum Glück.

Wer seine Seele wochentags nicht ganz in Watte packt oder sein Herz mit einer dünnen Isolierschicht aus Frust und Ärger überzieht, dem kann auch an einem trüben Montag so einiges in die Quere oder ins Blickfeld kommen, das ihm unter die Haut geht. Wer morgens die Tageszeitung liest, den fallen beizeiten schlimme Schlagzeilen an wie tollwütige Tiere. Und manchmal muß man sich von ihnen beißen lassen, ob man will oder nicht. Da starren sie einen vom Zeitungspapier an, die Opfer des letzten Wochenendes. Die Verunglückten, die Amokläufer, die Selbstmörder. Man fliegt über die Zeilen, schlägt zwischendurch die Zähne ins Butterbrot, man ist in Eile, die verhaßte Arbeit wartet schon. So liest man nur rasch und flüchtig hinweg über die Schicksalsberichte von jenen, die diesen gräßlichen Montag nun gar nicht mehr erleben müssen, weil sie gestern gegen einen Baum gefahren sind oder von einem Familienmitglied erschossen wurden oder von einem Durchgedrehten ermordet. Ihnen oder ihren Angehörigen wäre so ein stinknormaler Montag zwischen Morgenzwielicht und Hektik heute vielleicht ganz recht; wenn nur alle noch am Leben wären, wenn nur der dumme Unfall nicht passiert wäre, wenn nur alles einen anderen Ausgang genommen hätte. Auch die Berichte von denen, die gerade Krieg haben, und die es immer irgendwo gibt, überfliegt man hastig. Es ist kaum eine Überlegung wert, daß diesen Verstümmelten, Vertriebenen, Entwurzelten und Gefolterten heute selbst der mieseste Montag aller Zeiten tausendmal lieber wäre als der sinnlose Krieg. Aber Krieg ist für die, die nur darüber in der Zeitung lesen, sowieso längst Alltag geworden. Ein Alltag allerdings, an den sich die unmittelbar Betroffenen nie gewöhnen werden.

Dann sitzt man schon im Bus, in der U- oder S-Bahn, die Wut auf den Alltag steigt. Man fühlt seine Zeit zerrinnen, sieht sie von ungeliebter Pflicht vergeudet, man fühlt sich betrogen, irgendwie. Beim Umsteigen muß man einmal ausweichen. Schon morgens liegt da einer auf der Straße, ohne Dach überm Kopf, ohne Arbeit, ohne Geld, mit nichts als haufenweise Zeit in seinen leeren Händen. Umhüllt vom großen Mantel der Freiheit, der niemals wärmen kann. Man geht vorbei, man kennt ihn nicht, steigt woanders ein, fährt weiter. Auf dem Sitz gegenüber dann ein ganz anderes Bild: ein blutjunges Liebespaar, ineinander verschlungen, die schmalen Körper zwischenraumlos aneinandergedrängt, die Welt im endlosen Kuß vergessend. Ihnen kann dieser graue Montag nichts anhaben, soviel ist sicher. Ein paar Fahrgäste schütteln angewidert ihre Köpfe über soviel zur Schau gestellte Zuneigung. Vielleicht haben sie vergessen, wie das war, als sie sich selbst verliebten. Vielleicht haben sie es auch noch nie erlebt. Oder die Wut auf diesen grauen Wochentag verbaut ihnen den Blick. Und selber sitzt man nur still da, fühlt sich auch ein wenig seltsam. Wie lange ist das her, daß man sich selbst so sehr an einen anderen verloren hat? Was ist aus der eigenen Beziehung geworden? Wann wurde man selbst zuletzt so sehr umarmt?

Dann geht man zur Arbeit, grimmig und steif. Die anderen Montagsopfer nimmt man nur aus den Augenwinkeln wahr. Bei einigen ist nicht allein der Montag schuld, daß ihnen das Leben nicht mehr so recht gefallen will. Alte Leute gehen bucklig und vergilbt über die Straße. Pflügen starr und schmerzenden Schrittes einen einsamen Weg durch die frühe Menge, treiben wie vergessene Planeten durch ihren Lebensabend, in sehr kleinen Bahnen. Dazwischen werden Kinder von ungeduldigen Erwachsenen angeschrieen. Hunde sitzen verloren angebunden vor Lebensmittelgeschäften. Und ein paar sehr Verzweifelte betäuben sich bereits jetzt mit Wein und Schnaps an Jausenständen. Und irgendeiner sitzt da einfach auf einer Bank.

Und doch sind all das die echten Menschen, die Gesichter des Alltags, die unter die Haut gehen, die jede

Plakatschönheit, jedes Dessousmodel, jeden perfekten Filmstar brutal in den Schatten stellen. Die durchgestylten Boutiqueverkäuferinnen und die toll zurechtgemachten Karrieremenschen kommen einem daneben mitunter seltsam lächerlich und unecht vor. Denn das echte Leben ist anders. Der Alltag besteht aus echten Menschen, ist oft alt, noch öfter einsam, bisweilen tragikomisch, nicht selten versoffen, hat schlechte Zähne, Übergewicht oder andere Mängel. Das Leben ist der Alltag, und dieser ist oft traurig, brutal und nackt.

Und mittendrin dann eine Handvoll Zärtlichkeit, hingestreut wie eine Handvoll Perlen. Als wäre irgendwo da oben im grauen Himmel eine kleine Kette gerissen: ein sehr altes Paar geht Hand in Hand. Vor einer Auslage bleiben sie stehen und lehnen die weißen Schöpfe aneinander. Ihnen haben scheinbar alle Montage des Lebens keinen Strich durch die Rechnung gemacht. Und ihre Liebe ist vielleicht gerade erst am rauhen Alltag ins Unermeßliche gewachsen. So viele ereignislose Tage gemeinsam zur Strecke gebracht – was kann einem da schon ein noch so trüber Montag anhaben? Und wieder fühlt man sich an die eigenen Träume erinnert: wird man es selber auch einmal so gut haben? Wird noch einer da sein für uns, wenn alle anderen längst gegangen sind?

Drüben wartet ein kleines Kind auf den Vater. Vielleicht ist der nur ein Wochenendpapa, der überraschend am Montag zur Pflicht gerufen wurde. Das Kind stürzt ihm in die Arme, schlingt ihm die Hände um den Hals – und für einen Augenblick hat das Glück eine Chance.

Dem Kind kommt es vielleicht vor wie Ostern und Weihnachten zusammen. Keine Spur von Alltag mehr. Und dazwischen immer wieder Paare, Arm in Arm, Hand in Hand – Mut zum Risiko Beziehung. Auch wenn der Alltag alles kaputt machen kann mit seiner Fahrlässigkeit und Lethargie. Am Weg sind schon die ersten Knospen am Winterjasmin gelb und trotzig aufgegangen, geplatzt wie harmlose Patronen. Farbige, kleine Salutschüsse für die kommende, kalte Zeit. Man sieht und hört sie nicht, geht stumm vorbei.

Abends fährt man wieder heim, nach einem langen, öden Tag. Und findet daheim wieder nichts anderes vor als grauen Alltag. Die gleichen mutlosen, enttäuschten Gesichter. Bagatellengrant über Nichtigkeiten. Verselbständigte Gesten, erstarrte Rituale. Gesprochen wird nur mehr das Nötigste. Fernseher an und warten, bis man schlafen gehen kann. Dann hat man wieder ein Stück Alltag bezwungen und ein wenig vom eigenen Leben vernichtet wie einen Feind.

Gefühle scheren sich trotzdem nicht um unsere Zeiteinteilung. Wir können uns verlieben an einem dunkelgrauen Tag. Können glücklich sein mitten im November, so glücklich, daß wir auf die Kälte ganz vergessen. Können unserer Lebensliebe begegnen fernab von Wochenend und Sonnenschein, sogar bei Nebel und Glatteis. Vielleicht ist der, der uns nach einem peinlichen Sturz auf die Beine hilft, sogar der Richtige für immer. Und manchmal geschieht etwas, das uns mitten in der Woche weit über den grauen Alltag hinausträgt. Wenn einer uns sagt, daß wir ihm wichtig sind und daß es nicht egal ist, ob wir bleiben oder gehen. Oder auch, wenn einer fortgeht ohne Grund oder stirbt ohne Abschied oder nicht mehr heimkommt in der Nacht. Und es kann sein, daß wir uns in den Armen liegen und zärtlich sind jenseits der Samstagnacht, jenseits des Sommers. Das ist, weil der Alltag dann nicht zählt. Weil er unser Leben ist, nichts sonst. Und umgekehrt hat er manchmal doch mehr Gewicht, als man denkt. Heimkommen und sehen, daß noch alle da sind, daß alles ganz gleich geblieben ist – das kann verdammt schön sein. So schön, daß man sich wünscht, der Alltag würde niemals enden. Weil wir das alles eben auch an einem grauen Montag kriegen können: Liebeserklärungen, Angst, feuchte Augen. Gänsehaut.

November

Die Kostbarkeit des Glaubenkönnens

Wir haben Mitte November, das Jahr wird langsam alt. Nun hauchen die Gärten ihr allerletztes bißchen Leben aus, die Natur zieht sich in die Erde oder in sich selbst zurück, die Landschaft verschluckt ihre Farben, die Welt atmet aus. In diesem Monat stehen alle Zeichen auf Sterblichkeit. November, das ist eigentlich der Totenmonat, er trägt, so Erich Kästner, den „Trauerflor".

So banal es auch klingt, aber letztlich ist der Tod das einzige, echte Problem in der Welt, für das es noch immer keine Lösung gibt. Tod, das ist die letzte, große Domäne der kolossalen Ungewißheit und Ohnmacht. Zumindest außerhalb jeder religiösen Überzeugung verhält es sich so. Und jede Religion wird immer mit dem Anstrich einer billigen Vertröstung leben müssen. Glaube, und damit die Basis jeder Religion, kann nie auf ein festes Fundament verweisen. Vielleicht hat der Glaube das aber auch gar nicht nötig, da er für sich selbst schon das Fundament bildet. So ist der Glaube, an welchen Gott auch immer, vermutlich zu verstehen: als etwas, das nicht Resultat sein will, nicht logische Schlußfolgerung aus vielen, plausiblen Prämissen, sondern eine Basis. Ein Grund, der Ausgangspunkt sein möchte, nicht Endergebnis. Glaube, das ist deshalb auch immer der erste Satz, nie der letzte. Und nicht zuletzt stets eine zutiefst persönliche Entscheidung.

Wenn es eine einzige Antwort gibt, die man dem Tod entgegenhalten kann, so lautet sie: Gott. Doch Religion ist noch mehr als das; sie ist ein Anker im Leben selbst. Jener Anker allerdings, auf den Atheisten freiwillig verzichten.

Maria Schell, einst große Schauspieldiva, jetzt vielleicht nur mehr beklagenswerte, alte Frau auf dem Diwan, brachte vor gut 15 Jahren ein wunderschönes und überaus lesenswertes Buch mit dem Titel „Die Kostbarkeit des Augenblicks“ auf den Markt. Keine überflüssige und selbstherrliche Künstlerbiografie, sondern eine leichte und dabei sehr gescheite Lektüre. Die Autorin erinnert sich darin nicht nur an Stationen ihres Lebens, sondern formuliert auch viele, sehr treffende und feinfühlige Gedanken zu kleinen und großen Menschheitsfragen. Gott und Tod sind zwei dieser Themen.

„Wer nicht an Gott glaubt, hat nie nachgedacht“, vermutet die Schell da etwa ganz selbstbewußt, „wir können doch nicht einmal das Wunder eines Grashalms erklären.“ … Auch wenn die Wissenschaft das anders sehen mag, im Prinzip hat sie damit recht. Und wenn das einstige „Seelchen“ schließlich in einem anderen Kapitel über die Liebe sinniert, schimmert beim Lesen folgender Erkenntnis auch sehr viel reife, wachsame Seele durch: „Es bleibt schon ein großes Stück Einsamkeit anzunehmen“, schreibt Frau Schell mit heiterer Wehmut, „und darin gut zu wohnen ist sicher das Höchste, was wir erreichen können. Nicht aus Trauer, nur aus Erkenntnis, daß keine Nähe dauert.“

Diese fundamentale Einsamkeit, in der wir Menschen genau genommen eigentlich unser ganzes Dasein zubringen müssen, könnte auch ein gutes Argument sein für den Glauben an Gott. Denn keine noch so innige Umarmung, kein noch so leidenschaftlicher Kuß, keine noch so zärtliche Geste kann uns wirklich ganz aus uns selbst herausreißen. Der Gleichklang zweier Seelen wird immer nur ein kleinmütiger Versuch bleiben. Die Verwirklichung echter Gemeinschaft scheitert zwangsläufig an unserer existentiellen Isolation. Und wo zwei in die gleiche Richtung schauen, da schauen sie sich nicht mehr an. „Wir sind allein", singt Reinhard Mey deshalb auch in einem seiner vielleicht besten Lieder, „wir kommen und wir gehen ganz allein. Wir mögen noch so sehr geliebt, von Zuneigung umgeben sein, die Kreuzwege des Lebens gehen wir immer ganz allein …"

Doch nicht nur die Kreuzwege sind es, die wir unbegleitet bewandern müssen; es betrifft durchaus auch sonnigere Pfade. Denn letztlich ist das Wesentliche nicht mitteilbar. Jede Emotion, jede echte, tiefe Empfindung, egal ob trauriger oder glücklicher Natur, erreicht irgendwann den Punkt des Unsagbaren, des Nicht-mehr-Zeigbaren und bleibt dadurch verborgen und geheim. Gewiß, wir kommen einander manchmal sehr, sehr nahe, wir leben für Sekundenbruchteile Haut an Haut – aber ein bißchen fremd bleiben wir uns dabei doch immer, denn unter der Haut sind wir mit uns allein. Der einzige, der uns in diesen Abgrund unseres Ichs noch nachschauen und nachfühlen könnte, ist Gott. Und wenn es ihn wirklich gibt, dann ist er zugleich auch der einzige, der uns durch und durch versteht. Dies ist ein tröstliches Gefühl; an einen zu glauben, der uns inwendig kennt, der nicht wie ein irdischer Mitmensch immer wieder Gefahr läuft, unsere Reaktionen falsch zu deuten. Gott weiß, was wir meinen und wie wir's meinen, auch wenn es noch so verkehrt aus uns herauskommt. Er sieht auch unser beharrliches Bemühen unter der Oberfläche unserer mißglückten Taten, spürt unser Unwissen oder Unvermögen, ahnt unsere Gedankenlosigkeit und unsere mangelnde Konzentration, wenn wir irren. Ihm sind auch die ungeweinten oder nach innen vergossenen Tränen nicht fremd. Und nichts könnte es geben, für das wir uns vor ihm schämen müßten. Die lächerlichsten Dinge, die wir vor keinem preisgeben würden, die blödesten Ideen, die uns je in den Sinn kamen, die peinlichsten Momente, die wir ertragen und überstehen mußten – vor ihm müssen wir sie nicht verstecken. Besonders der Mensch gewordene Gott im Christentum ist immer auch ein bißchen Teil von uns selbst. Und wer an ihn glaubt, dem kann er ein guter Partner sein, den läßt er so bald nicht allein.

Möglich, daß alles nur billiger Trost ist, und damit nichts anderes als ein schöner Traum. Doch oft reicht für uns schon ein solcher Traum aus, um uns eine Weile am Leben zu halten. Vielleicht sind auch Träume eine Glaubensfrage. Denn wer sich seinen Hoffnungen und Wünschen nicht mit Überzeugung hingibt, dem helfen sie auch nur selten weiter. Aber nicht jeder hat diese Gabe, sich dem Ungewißen mit Haut und Haar auszuliefern, in einem solchen Maß, daß ihm das Unerträgliche ein wenig erträglicher erscheint.

In Lars van Triers großartigem Film „Breaking The Waves", einer kompromißlosen Parabel über eine noch kompromißlosere Liebe, fällt dazu ein grandioser Satz; die Protagonistin gibt auf die Frage, was ihre besonderen Talente wären, zur Antwort: „Ich kann glauben!" Und damit ist alles gesagt. Es ist eine Frage des Glaubenkönnens. Wer die Fähigkeit dazu besitzt, kann gar nicht anders; er wird immer an etwas glauben. Doch daneben ist auch das Glaubenwollen eine nicht unwesentliche Komponente.

Ludwig Hirschs berührende Sterbeballade „Komm, großer schwarzer Vogel" ist ein ergreifendes Dokument der Zuversicht. Der Liedermacher singt überzeugend vom großen Glück, das ihn nach dem Tod erwartet. Wissen kann er es auch nicht, aber glauben will er es gewiß und gerne.

Oft kann das Unerklärliche nur wieder mit dem Unerklärlichen erklärt werden. So hat der famose Kolumnist Telemax einmal seinen Glauben an die Auferstehung gerechtfertigt. Er meinte, ein zweites Mal geboren zu werden könne nicht wunderbarer sein, als einmal geboren worden zu sein. Aber so sieht es freilich nicht jeder.

Nicht nur der Tod ist eine offene Frage, die außer mit dem Glauben mit nichts beantwortbar wäre. Auch das Leben selbst ist nur selten eine logische Gleichung; zu viele Rechnungen gehen nicht auf, und übrig bleibt unterm Strich fast immer zuwenig. Der Glaube an eine spätere Korrektur der diesseitigen Unzulänglichkeiten und Ungerechtigkeiten kann so manches Drama mildern. Sehr schön hat diese Ansicht die schillernde Künstlerin Marisa Mell auf den Punkt gebracht: „Es geht nur um Gott, und darum, daß wir ihn in uns tragen. Der andere Kram muß halt gelebt werden …“ Sie sagte das am Ende ihres tragischen Krebsleidens, kurz bevor sie qualvoll starb. Sagte das zu einem Zeitpunkt, an dem andere Partner – Männer, Erfolge, dicke Bankkonten – längst unwichtig und nutzlos geworden waren. In Erika Pluhars Erinnerungsbuch „Marisa“ ist dieser Satz nachzulesen, ebenso viele andere Sätze, die zeigen, mit wie wenig ein Mensch, der alles wollte und vieles davon auch bekam, am Lebensende auskommt. Mit dem Glauben an Gott, dem Allerunsichersten und Wenigsten also. Aber in Härtezeiten kann dieses Wenige dann zurecht eben auch alles sein.

Dezember

Ankunft hat viele Gesichter

Nun stehen wir schon wieder mitten im Advent. Dieses Wort, das eigentlich „Ankunft“ bedeutet, wird von uns heute auch gern als Sammelbegriff für unzählige Weihnachtsvorbereitungen verwendet; bei uns heißt Advent deshalb auch in erster Linie Weihnachtsputz machen, Weihnachtsbäckerei backen, Weihnachtsgeschenke kaufen – und dies immer mit Augenwinkelblick zur Uhr. Wieviel Zeit haben wir noch? Was muß noch alles fertig werden? Was wird sich heuer wieder nicht ausgehen? Was soll auf jeden Fall noch erledigt werden? … All dies artet schnell zu einem hektischen Wettrennen aus, und zu Weihnachten sind dann oft wir die einzigen, die wirklich erledigt sind, fix und fertig eben. Der große Rest bleibt wieder übrig, vergällt uns das schöne Fest und muß abermals mitgeschleppt werden ins nächste Jahr.

In unserer Zeit ist auf sonderbare Weise genau definiert, wo wir überall ankommen müssen; beim blankpolierten Boden, bei den gewaschenen Vorhängen, bei den endlich ordentlich aufgeräumten Schubladen, bei den prall gefüllten Keksdosen, beim hoch aufgetürmten Geschenkelager. Eine andere Art der Ankunft ist für uns kaum mehr denkbar.

Ankommen bei den anderen Menschen, Ankommen bei uns selber oder auch Ankommen bei Gott – so sehr es in der Vorweihnachtszeit auch darum gehen mag, dafür sind wir zu sehr in Eile, zu sehr im Streß, zu sehr mit anderen, scheinbar wichtigeren Dingen beschäftigt. Kaum jemand besitzt heute noch jene wohltuende Gelassenheit, die sich mit einer Leichtigkeit über derlei Vordergründigkeiten hinwegzusetzen vermag. Es geht allzeit nur um die sichtbaren Oberflächen; das geputzte Fenster, die abgewischten Möbel, der schamponierte Teppich. Diese Ziele sind wichtiger, schließlich stehen sie allen anderen Blicken zur Verfügung. Daß es im Advent eigentlich um eine ganz andere Art der Vorbereitung geht, wird kaum noch zur Kenntnis genommen.

Gäbe es auf der Welt keine Kinder mehr, würden alle Feste im Jahreskreis in gleicher Weise unter Hektik und Oberflächenterror versinken. Die Kinder sind es letztlich, denen wir zu verdanken haben, daß ein wenig vom Zauber bleibt, daß ein bißchen Vorfreude gerettet werden kann, daß so manches noch ein Geheimnis sein darf. Kinder kümmern sich auch nicht um aufgeräumte Wohnungen und geputzte Häuser; ihre Augen sehen das Schöne mitten im Chaos. Und was für ihre Blicke gänzlich unsichtbar scheint, ist gemeinhin das, wo Erwachsene ununterbrochen hinschauen – die Unordnung, die Halbheiten, der Staub, der Dreck, die Unvollkommenheit.

Advent im Sinne von Ankunft, das könnte deshalb vielleicht auch heißen, den Blick einmal für das Wesentliche zu schärfen und mit seinen Augen dort anzukommen, wo man nur mehr selten hingelangt. Das hat nicht notwendigerweise etwas mit allzu billig gestrickter

Lebenshilfe-Philosophie oder esoterischer Betäubung zu tun; denn daß unsere brüchige, kaputte und vor Mißständen und Unzulänglichkeiten schier übergehende Welt trotz allem immer noch sehr viel Schönes, Erfreuliches und Wunderbares zu bieten hat, gerät zunehmend in Vergessenheit. Wir leben heute in einem Zeitalter des Wehklagens und Lamentierens; allerorten wird gemeckert und gegrantelt, und es hagelt Beschwerden über alles und jedes. Dem Menschen ist fast nichts mehr recht, was eben so dazu gehört zum Leben. Er mokiert sich über sommerliche Hitze ebenso wie über winterliche Kälte, schimpft auf den banalen Einheitsbrei seines ach so grauen Alltags ebenso wie über Fest- und Feiertage. Und selbst der Schnee, der doch auch mit zum Winter gehört, wird von ihm nicht selten als persönliche Beleidigung und Daseinserschwernis empfunden.

Dies wäre vielleicht kein so schlechtes Ziel: ankommen bei den Dingen, wie sie gemeint sind. Den Winter anschauen wie auf einem Gang durchs Museum, offenen Auges für die zahllosen Kunstwerke aus Eis und Schnee. Die Nase öffnen für Winterluft und Vorweihnachtsduft. Das Gefunkel und Geglitzer in Straßen und Geschäften einfach zulassen und hinnehmen nicht ohne Dank; so manches Zuviel ist immer noch besser als jedes Zuwenig der schlechteren Zeiten, die Gott sei Dank nicht unsere sind. Und auch selber ein bißchen weiter aufmachen.

Jetzt ist jeder Besuch lästig. Man braucht seine Zeit doch zum Putzen und Backen und Kaufen. Wer jetzt unangemeldet vor der Tür steht, wird besser wieder abgewimmelt. Es ist noch viel zu viel zu tun. Doch was der Advent uns eigentlich sagen möchte, ist, daß nichts mehr zählen sollte als der Mensch. Daß es ungleich wichtiger ist, sich einfach eine Stunde hinzusetzen und jemandem zuzuhören; jemandem, der vielleicht längst gern etwas erzählen möchte oder jemandem, der sonst vielleicht keinen mehr hat zum Reden. So eine schlichte Stunde mitten im Chaos, mitten zwischen Angefangenem und Noch-immer-nicht-Fertigem kommt jenem Innehalten, über das im Advent soviel geschrieben und gesagt wird, womöglich schon sehr nahe. Und eine Kerze am Adventskranz anzünden, das kann man auch inmitten der größten Unordnung. Einfach Licht aus und sich mit dem schwachen Flammenschein begnügen für ein paar Augenblicke – die umliegende Dunkelheit verschluckt dann sehr zuverlässig alle Arbeit; den angeräumten Tisch, die unverpackten Geschenke, die Rezeptflut neben dem Herd.

Ankommen, das könnte auch heißen: annehmen, besser gesagt: annehmen lernen. Nicht wenige Menschen haben so ihre Probleme mit einem zufällig vorbeigebrachten Geschenk. Worauf man nicht vorbereitet ist, darauf reagiert man mit Panik, Verlegenheit und Schrecken. „Das wäre doch nicht nötig gewesen!“, ruft dann so manch einer verzweifelt aus. Aber das ist doch der Sinn des Schenkens – eine Gabe über jegliche Notwendigkeit hinaus. Und kaum ein Mensch, der es mit seinem Geschenk ehrlich meint und einfach Freude bereiten will, erwartet unverzüglich eine Gegengabe. Das Schenken selbst ist doch eine Freude für sich. Wer gerne schenkt, kann das vermutlich bestätigen. Gewiß ist das Beispiel abgedroschen, das jeder in seiner Umgebung einen armen oder alten Menschen hat, dem er in der Vorweihnachtszeit eine Freude machen könnte. Und man kann auch nicht erst jemanden krankenhausreif schlagen, nur damit man ihn nachher wohltätig im Krankenhaus besuchen kann. Es müssen nicht immer die Ärmsten der Armen, die Gottverlassensten, die Steinalten sein – es reicht vielleicht schon, irgendjemandem, der nicht unmittelbar damit rechnet, einen kleinen Gefallen zu tun, eine Kleinigkeit vorbeizubringen, eine liebe Karte zu schreiben. Wer sich allzu kühne Wundertaten vorstellt, erreicht sein Ziel nur mühsam – oder gar nicht.

Nicht zuletzt hat Ankunft auch immer etwas mit dem Menschsein selbst zu tun. Ein Leben lang sind wir unterwegs, begleitet von der Hoffnung, irgendwann auch bei uns selber anzukommen. Es dauert lange, bis man sich selbst wirklich kennt, und vermutlich noch länger, bis man das Unabänderliche an sich selbst zu akzeptieren lernt. Beharrliche, konstruktive Selbstkritik darf nicht jahrein jahraus in Mieselsucht und Verbitterung münden. Und wo man hier unzufrieden ist, darf man dort nichtsdestotrotz auch mal zufrieden sein.

Der Winter ist schön. Ob mit oder ohne Schnee; ob Märchenwelt in Watteweiß oder Nebelgespinst in Seidengrau. Und gut ist es in jedem Fall, ein Dach über dem Kopf zu haben, ein Heim. Was ist schon dabei, wenn bis zum 24. wieder nicht alles fertig wird? Fertigsein bedeutet auch Stillstand, Abschluß, Ende. Und wünschen wir uns nicht alle das kommende Jahr? Wir werden bis zu unserem Tod um Ankünfte ringen müssen, da kommt es auf ein paar Aufschübe im Advent auch nicht an. Und wenn wir schon mit leeren Händen dastehen, für ein leeres Herz gibt es nicht wirklich viele Gründe. Nicht nur zur Weihnachtszeit.

Dezember

In den Abendschnee geschrieben: Gedanken zum nahenden Fest

Wieder ist fast Weihnachten, und wieder haben viele von uns dieses Fest schon fast satt, noch ehe es richtig begonnen hat. Auch wenn nur einmal im Jahr Weihnachten ist, die Welt wird zunehmend weihnachtsmüde. Längst scheint alles ausgereizt und ausgeschlachtet, von der glanzvollen, stillsten Zeit ist nicht viel mehr übriggeblieben als ein paar abgedroschene Klischees, die wie vergessene Kunststofftannen auf kargem Feld stehen. Markt und Straßen sind längst nicht mehr verlassen, sondern vollgestopft mit Menschen, die sich wohl oder übel dem Vorweihnachtsterror ausliefern, ohne dazu die nötige kindliche Arglosigkeit und Vorfreude mitzubringen. Das Fest ist zu Ende, lange bevor es richtig begonnen hat.

Was soll man heute überhaupt noch von Weihnachten halten? Heute, in einer Welt, die gleichgültig geworden ist gegenüber jeder Art von Wunder, die sich längst schon verabschiedet hat von unaufgeklärter Frömmigkeit und naivem Glauben. Und von einem Retter, egal, ob er nun vom Himmel kommt oder woanders her, will heute ohnehin keiner mehr was wissen.

Die Verheißung von der stillen Zeit ist fast schon zur Bedrohung geworden, Besinnlichkeit mutet beklemmend an. Und es wird aller Orten viel getan, um dem zu entkommen. Christmas-Parties, Weihnachtsclubbings, Adventdiscos garniert mit sexy Weihnachtsfrauen in knappen, pelzverbrämten Höschen und Gogo-Girls im Glitterstring sollen das Unerträgliche erträglich machen. Die Stille wird zugelärmt, die einsamen Spuren im Schnee sind von Menschenmassen zugetrampelt, die Päckchen und Tüten sind längst schon prall gefüllt. Warten auf das Christkind, so was Albernes hat heute keiner mehr nötig. Und dennoch: unter der Haut jener, die noch empfindsam geblieben sind und die Konsum und Kurzzeitvergnügen nicht ganz verrohen konnten, macht sich beizeiten ein sentimentales Gefühl breit. Man wird nostalgisch, man sehnt Dinge herbei, die es so, wie sie in der idealisierten Vorstellung erscheinen, vielleicht gar nie gegeben hat, man erinnert sich verträumt zurück an jene Beschaulichkeit und jene stillen Momente, die man selber vielleicht gar nie erlebt hat. Es ist eine Erinnerung an alte Träume, nicht an die Wirklichkeit.

Weihnachten, das war früher einmal die Zeit des Hoffens und Wünschens. Heute werden die Wunschzettel am Computer schrieben oder überhaupt weggelassen. Niemand legt sie mehr ins Eisblumenfenster, zumal die Eisblumen an den Scheiben mittlerweile auch schon verschwunden sind. Ein architektonischer Fortschritt, wenn auch einer, der sich um Stimmung und Romantik nicht weiter schert. Und dann bleibt noch die Frage, was überhaupt zu wünschen wäre. Im Prinzip hat jeder alles, und diejenigen, denen tatsächlich noch vieles fehlt, bleiben mit ihren Wünschen auch um diese Zeit ungehört.

Weihnachten, das ist das Fest der Armen, zu dem aber nur die Reichen eine Eintrittskarte haben. An Benefizveranstaltungen und Wohltätigkeitsgalas mangelt es nicht, und viele gute Menschen schmückt ein dicker Spendenscheck wie eine funkelnde Brosche. Viel wird gebittet und gebettelt an feudalen Tafeln, und es wird kaum einer müde, im schicken Abenddress, in großer Designerrobe auf jene hinzuweisen, die nicht einmal Schuhe haben. Die armen Kinder führt man vor wie Zirkustiere, und im Fernsehen wird eingeblendet, was im Herzen längst ausgeblendet ist: das echte Elend, die reale Armut, die statistisch nicht mehr erfaßbare Not. Licht ins Dunkel der Welt um jeden Preis – am besten gleich einen überdimensionalen Scheinwerfer.

Für die im Schatten brennt deshalb noch lange kein Licht. Für die, die keine Stimme haben, ist Weihnachten wirklich die stillste Zeit im Jahr, ohne Zweifel. Abseits von Sentimentalität, fern von Romantik und Nostalgie hat die Besinnlichkeit noch eine Chance, wenngleich mit einem bitteren Beigeschmack. Für viele ist der heilige Abend gewiß ein Tag wie jeder andere auch. Kein Grund zum Feiern, keine Spur von Festlichkeit und Kerzenschein – nur die nackte Existenz, sonst gar nichts. Wer kein Dach über dem Kopf hat, braucht keine Lichterkette für außen. Wer auf der Straße steht, dem ist die Weihnachtsbeleuchtung auch egal. Wer im Sterben liegt, für den wird es auch an diesem Tag dunkel bleiben. Dunkel und kalt.

Leise rieselt der Schnee und bedeckt lautlos die Spuren jener, die ihren Weg lange verloren haben. Es werden nicht wenige sein, die ihre Einsamkeit zu Weihnachten besonders schmerzhaft spüren. Die absolut und gnadenlos allein sind, zwischen den Menschenmassen hindurch gehen wie unsichtbare Tote. Die keine prallen Tüten nach Hause schleppen können, weil da keiner mehr ist, der zu beschenken wäre. Die keine Kekse backen müssen, weil mit Besuch nicht mehr zu rechnen ist. Die bestenfalls mit einem Anruf aus der Ferne bedacht werden, vom erfolgreich verlorenen Sohn, von der selbständig abgenabelten Tochter – ein Gruß von weitem, zerrissen und verzerrt vom Knacken und Knistern des Mobiltelefons. Und der angekündigte Besuch wird auch diesmal wieder im glitzernden Pulverschnee eines noblen Wintersportortes versinken oder im heißen Urlaubsinselsand.

So wird Weihnachten unbemerkt vergehen für all jene, deren Unglück nicht medientauglich ist, deren Schicksal nicht talkshowwürdig erscheint, deren Armut nicht benefizträchtig illustriert und serviert werden kann, mit erschütterndem Bildmaterial, mit hammerharten Reportagen. Auch Häuser, die nicht abgebrannt oder eingestürzt sind, bergen mitunter viel Trauriges. Auch Kinder, deren Körper nicht vom Hunger aufgetrieben und vom Aussatz verstümmelt sind, weinen manchmal sehr. Auch gutgekleidete Männer verstecken beizeiten ein schmerzliches Geschick unterm feinen Anzug. Und zahllose Frauen jeden Alters, zwischen Schiefergrau und Anthrazit, müssen zusehen, wie ihr eigenes Leben ungelebt an ihnen vorbeiläuft wie ein kurzbeiniger Hund, werden nebenbei verlassen, betrogen oder schlicht übersehen – aber für das Wohltätigkeitsbestreben der Society reicht so was noch lange nicht aus. Und oft sind es nur kleine Wunden, über die Jahre zusammengetragen wie schwermütiger Proviant, ein paar Verletzungen da, ein paar Enttäuschungen dort; das reicht schon, um zu Weihnachten bei aller Festlichkeit auf der Strecke zu bleiben. Doch diese Strecke wird, wie es die Traditionalisten wünschen, ohnehin sofort zugeweht, mit leise rieselndem Schnee.

Für die Tiere ist es brutaler Massentod im Festtagsgewand. Die fette Gans, der gefüllte Truthahn, der garnierte Karpfen – sie alle geben der Weihnachtszeit diese hauchfeine Nuance Grausamkeit, die mit dazugehört zu jedem schönen Fest. Weihnacht für die Tiere, das ist ein klarer Fall fürs Märchenbuch. Und es kann sein, daß so eine zauberhafte Geschichte von der Tierweihnacht im Winterwald just an einem reich gedeckten Tisch gelesen wird. Wer über den Buchrand hinausschaut, kann sie im Augenwinkel sehen, diese Tierweihnacht: totgesotten, gemästet, gestopft. Auch hier fällt wenig Licht ins Dunkel.

Weihnachten hat viele Gesichter. Die meisten davon sind Masken. Die echten sind vom Aussterben bedroht. Die rotbackigen Kinder, die mit leuchtenden Augen der Heiligen Nacht entgegenfiebern, sind selten geworden. Der Glaube an das Christkind wird ihnen schon früh genug ausgetrieben. Auf den Wunschzettel kommen die üblichen Konsumgüter, die man haben muß, weil jeder sie hat. Die wirklichen Wünsche stehen woanders. Sie werden von keinem gelesen und müssen nicht selten geschluckt werden, weil dies der einzige Weg ist, sie zu behalten. Heute hat das Marathonschenken jeden echten Wunsch zum gegenseitigen Freudemachen fast verdrängt. Es sind nicht mehr viele, die noch mit Liebe etwas aussuchen und die auch etwas annehmen können, ohne sofort den Rechenschieber im Kopf zu aktivieren und an eine gleichwertige Gegenleistung zu denken.

Niemand kann mit Gewißheit sagen, daß es das Christkind gibt. Aber auch das Gegenteil kann niemand beweisen. Zum Glück gibt es immer noch viel mehr Dinge zwischen Himmel und Erde, zwischen Weihnachtsbeleuchtung und Abendschnee, als der menschliche Verstand zu erfassen vermag. Und eigentlich kann es in Anbetracht der Tatsache, daß es auch viel mehr Leid, Tragik und Unglück gibt, als im Fernsehen Platz hat, nicht so ein Problem sein, einmal für ein paar Augenblicke innezuhalten und still zu sein. Wer offenen Auges dort einmal hinsieht, wo auch zu Weihnachten kein Licht brennt, der entdeckt vielleicht doch das eine oder andere kleine Wunder; wenn ein Chancenloser eine Chance bekommt, ein Kranker gesund wird, ein Hungriger satt oder ein Einsamer wider Erwarten Besuch bekommt. Dann schimmert ein Hauch längst verlorener Einfachheit durch alles Überladene und Übervolle. Das Christkind soll es jedenfalls auch in Zukunft geben dürfen. Was sich dahinter verbirgt – ob kindlicher Aberglaube oder reife Hoffnung – ist letztlich gar nicht so wichtig. So, wie wir sind, haben wir jeden Retter nötig.

Inhalt